本书为国家社科基金一般项目《中国当代文学期刊目录分类编纂及数据库建设（1949—1989）》（批准号：18BZW175）阶段性成果

新时代文学批评丛书

吴义勤　主编

零落的斑点
——新世纪文学阅读札记

杨庆祥　著

山东文艺出版社

图书在版编目（CIP）数据

零落的斑点：新世纪文学阅读札记 / 杨庆祥著. -- 济南：山东文艺出版社，2024.10
（新时代文学批评丛书 / 吴义勤主编）
ISBN 978-7-5329-7156-5

Ⅰ．①零… Ⅱ．①杨… Ⅲ．①中国文学－当代文学－文学评论－文集 Ⅳ．①I206.7-53

中国国家版本馆 CIP 数据核字(2024)第 070739 号

零落的斑点——新世纪文学阅读札记
LINGLUO DE BANDIAN——XINSHIJI WENXUE YUEDU ZHAJI
杨庆祥　著

主管单位	山东出版传媒股份有限公司
出版发行	山东文艺出版社
社　　址	山东省济南市英雄山路 189 号
邮　　编	250002
网　　址	www.sdwypress.com
读者服务	0531-82098776（总编室）
	0531-82098775（市场营销部）
电子邮箱	sdwy@sdpress.com.cn
印　　刷	山东华立印务有限公司
开　　本	710 毫米 ×1000 毫米　1/16
印　　张	12.5
字　　数	145 千
版　　次	2024 年 10 月第 1 版
印　　次	2024 年 10 月第 1 次印刷
书　　号	ISBN 978-7-5329-7156-5
定　　价	59.00 元

版权专有，侵权必究。如有图书质量问题，请与出版社联系调换。

开辟文学批评的新时代
——"新时代文学批评丛书"总序

吴义勤

党的十八大以来，中国特色社会主义进入新时代，中国文学也翻开了崭新的一页。置身新时代新征程，面对丰富的史诗性伟大实践，广大作家胸怀"国之大者"，牢记初心使命，深入生活，扎根人民，与时代共振，与人民共情，用心用情用功书写新时代的中国故事，展现中国人民昂扬的精神风貌，谱写了新时代文学的辉煌篇章。

文学批评与文学创作是文学发展的车之两轮、鸟之两翼，一个时代的文学发展既需要广大作家的笔耕不辍、创新创造，也需要批评家的积极呼应、理论引领。在新时代文学不断攀登高峰的历史进程中，新时代文学批评也发挥了至关重要的作用，取得了丰硕的发展成果，形成了独特的新时代文学批评景观。习近平总书记高度重视文学批评工作，近年来就繁荣新时代文学批评发表了一系列重要讲话，做出了一系列重要指示批示。我们策划这套"新时代文学批评丛书"，就是要全面学习贯彻落实总书记关于文学批评的讲话与指示批示精神，一方面旨在呈现新时代文学批评的基本样貌、发展成果，另一方面也希望从中获得推动文学批评发展的经验和启示，为推动新时代文学理论批评建设和新时代文学繁荣提供有益的镜鉴。

本丛书遴选的作者都是长期持续坚守在新时代文学批评现场并卓有成就的优秀批评家。从年龄结构上，他们涵盖了"60后""70后""80后"，这也是当下文学批评的主力军；从批评对象的文学门类上，覆盖了小说、诗歌、散文等多个当下最具影响力的艺术门类，可以说是对新时代文学的全面阐释和研究。通过这套批评丛书，读者一方面可以深入了解新时代文学批评的丰富实践，同时可以通过文学批评了解新时代文学发展的基本风貌和历史特征。

在内容上，本丛书侧重于遴选研究新时代文学的评论文章，以对新时代十年来具有代表性的作家作品、有广泛影响的新文学现象、引人关注的文学热点事件以及文学发展中存在的症候性问题为主要研究对象，是对围绕新时代文学展开的文学批评成果的一次全面梳理和集中展示。我们希望以出版批评丛书的方式，深入总结文学批评发展的历史经验，同时吸引更多研究力量来增强对新时代文学研究的力度和深度。

本丛书的出版要感谢山东出版传媒股份有限公司副总经理李运才、山东文艺出版社社长徐迪南，他们提供了非常多的支持和帮助，也提出了许多富有建设性的意见和建议。新世纪之初，我曾和山东文艺出版社共同策划出版了一套"e批评丛书"，在学术界产生了良好的反响。今年，又再次在山东文艺出版社出版这套"新时代文学批评丛书"，可谓是一种极为特殊也极为难得的缘分，也体现了山东文艺出版社多年来一直积极参与、支持中国当代文学批评事业发展的出版精神。在此，我代表丛书编委会向山东文艺出版社表示衷心的感谢并致以崇高的敬意。

两套丛书虽然出版时间不同，但在内容上又有着一种延续性和整体性。"e批评丛书"着力呈现的是二十世纪九十年代文学批评的发展成果，也是当时年轻的"60后"批评家的一次集体亮相。"新时代文学批评丛书"更侧重于展现新世纪尤其是新时代以来的文学批评成果，参与作者既包括了"e批评丛书"中的部分作者，又吸纳了"70后""80后"等新生批评力量。两套丛书虽然侧重点不同，但形成了一种巧妙的呼应，构成了一种互补关系，具有了批评史意义上的"整体性"，某种意义上，它们就是一种特殊形态的近三十年来中国文学批评的发展史。

当然，对于新时代文学批评成果的总结展示并不意味着我们回避当下文学批评存在的问题。新时代以来，随着时代语境和文学生态的不断变化，文学批评面临着更为复杂严峻的形势和挑战，文学批评如何更好地发挥作用，真正成为助推文学发展的"磨刀石"和"利器"？这是所有文学批评者面临的共同课题和任务。出版这套丛书，我们一方面意在梳理总结这一时段文学批评发展的成果和经验，同时也希望能够从中析出当下文学批评发展存在的一些问题，以史为镜，为未来更好地推动中国文学批评发展，更好地发挥文学批评引导创作、推出精品、提高审美、引领风尚的作用提供启示和帮助。

新征程是充满光荣与梦想的远征，新时代文学正在我们面前浩浩荡荡地展开，作为文学发展的重要一翼，中国文学批评也正在砥砺前行，积极开辟一个文学批评的新时代。

是为序。

零落的斑点
——新世纪文学阅读札记

目 录

001　《文城》的文化想象和历史曲线

008　韩少功的文化焦虑和文化宿命
　　　　　——以《山南水北》为讨论起点

023　无法命名的"个人"
　　　　　——读《隐身衣》

033　每一个生命皆可成册
　　　　　——评李佩甫的《生命册》

036　无"解"之"解"
　　　　　——《六个字母的解法》的多重叙事

044　读《装台》，说情义

048　读徐小斌的短篇小说

053　红尘一去千万里
　　　　　——读《女同志》

060　"风的形状"和小说的形状
　　　　　——评程永新的《若只初见》

065　一代人的爱与罪
　　　　　——评蒋韵的《你好，安娜》

068　作为群像的一代人
　　　　——评万方的《你和我》

072　注释的审判
　　　　——宁肯的《三个三重奏》

080　创伤及其所创造的
　　　　——评张翎的《归海》

083　穿过爱的峡谷
　　　　——读唐颖的《上东城晚宴》

088　重建农村题材小说的总体性视野
　　　　——从贺享雍的"乡村志"谈起

092　分身术与历史隐喻
　　　　——评黄怒波的《珠峰海螺》

095　重新发现老村

099　不断拓展的疆域
　　　　——论邱华栋的小说写作

106　辞典一般的书写
　　　　——评叶舟的《凉州十八拍》

112　主动篡改与自我处刑
　　　　——读东西的《篡改的命》

118　"必须接受已经发生的一切"
　　　　——评须一瓜的《宣木瓜别墅》

120　四重视角下的人性救赎
　　　　——评艾伟的《镜中》

123　男人们，请不要再打扰女人
　　　　——细读蒋一谈的《栖》

134　在时间之中想象和书写
　　　　——《岁月的颗粒》阅读手记

144　从效率叙事到公平叙事
　　　　——由《钢的城》兼论改革文学的新变

156　以书写抵抗遗忘
　　　　——《连尔居》《己卯年雨雪》读札

163　一个"回忆症"患者的孤胆之旅
　　　　——《七步镇》读札

169　中国故事的现代表达
　　　　——《老实街》读札

176　《唇典》：在现代和传统中再造一个世界

179　权力及其所形塑的
　　　　——杨小凡作品读札

184　历史写作的"暗道"
　　　　——评《塞影记》

《文城》的文化想象和历史曲线

一

余华又出新长篇了！先是在饭局上听到消息，然后是在朋友圈里发现大家兴致勃勃地传播着，最近几乎变成了业内的接头暗号，"读了吗？好看吗？"——《文城》，余华的第六部长篇新作，距离上一部长篇已经隔了八年。一个作家有几个八年？在"一万年太久，只争朝夕"的现代时间节奏下，禁不住要赞扬一下余华的耐心。我在第一时间里拿到了仅供少数朋友阅读的文本，一个下午的时间，一口气读完，开始的忐忑被阅读的兴奋所代替——那个让我们激动的余华又回来了！读完我即兴写了一段评语，给了两家着急发新闻的媒体使用，兹录于此，供感兴趣的朋友参考：

> 余华的最新长篇小说《文城》证明了他依然是中国当代极会讲故事的作家之一。从第一句到最后一句，这个故事牢牢地抓住了我，我的第一直觉是，那个让我们激动的余华又回来了！"文城"作为一个虚化的地名，承载着主人公的希望和信念，以此余华扩大了他写作的地理，由北及南，又由南向北，其内在精神的指向，却是超越了地域的一种民族共同性：坚韧、信守、重义、互助。这是《文城》的隐喻，也是一种文化生生不息的秘密。

上述可算作一则广告，但确实是基于我个人阅读感受后的真诚推荐。

二

余华是传播度极高的中国当代作家之一，其作品得到了大量读者的阅读和喜爱。我最早读余华还是在2000年左右，那个时候我正在读大学本科，阅读余华成了我精神生活重要的一部分。他的《鲜血梅花》《河边的错误》《现实一种》《活着》《许三观卖血记》是我的枕边书。那个时候年轻气盛，对审美有苛刻的要求，于是，是否阅读余华或者是否喜欢余华，构成了一条审美的标准，以此来区别是否现代、先锋和前卫。虽然现在我知道，余华的美学不仅仅是先锋和前卫，但在当时却有固执的认定，并将此作为一个现代性的重要指标，在这个指标谱系里，还有尼采、萨特、昆德拉、村上春树、王小波等等。不过有意思的是，即使有不同的偏好，真正的好作品却可以超越种种偏见而达到一种普遍接受。我至今记得在一次寝室熄灯后的"卧聊"中，我给大家讲述《许三观卖血记》里面许三观给孩子用嘴"炒菜"的细节，宿舍里鸦雀无声，甚至也像小说中一样响起了咽口水的细微声音，大家平时在食堂吃饭，油水不足，其实和小说中的情景有相似之处。说到最后，宿舍一同学跳了起来，说饿得受不了啦，然后大家哗然而起，直奔校外的某处烧烤摊……

余华的写作，有前后转型之说，这一点在学术界已有公论。前期的余华作品中充斥着血腥、暴力、解构、反讽，以零度叙事的客观呈现历史的悖谬和残酷。以《活着》为分野，转型后的余华变得温暖、怜悯、充满希望——虽然这怜悯和温暖依然与生活的悲剧密不可分。余华将这种转变的缘由归于一个梦：在梦中有人要枪毙他，他在梦里挣扎，最后发现并没有人来救他，他感到了巨大的恐惧……这个时候他从梦中惊醒，意识到没有救赎的时刻是多么让人绝望。文学如果仅仅给人提供这个绝望，是有所欠缺的。从那以后，他决定要在文学里面提供温暖的东西。温暖是什么？其实就是希望——也就是布洛赫所谓的"希望哲学"。日本学者竹内好在研究鲁迅的文章中提出了一个很有意思的说法：文学是要让人活的，而不是让人死。这与"希望哲学"有相同之处。在这位学者看来，鲁迅的作品提供了这种质素，因此鲁迅是伟大的。余华早期对鲁迅不感兴趣，但是后来却一再向鲁迅致敬，个中的因由，大概也是意识到了鲁迅文学所提供的这种坚韧性。不管余华的这个梦是否果如他自述的那么神奇，不争的事实是，《活着》以后的余华，变得更加复杂和多维。这种丰富性，没有减损余华的文学地位，相反，余华变得越来越经典，今天的青年读者，没有读过余华的人大概很少。

三

具体到《文城》这部长篇，虽然篇幅依然是余华一贯的"小长篇"的规模，但从形式、内容、主题等各方面看，呈现的却是一个新旧交错的"综合性"的余华。这里面有我们非常熟悉的余华式的作品"配方"：对江南风物的细致描摹，让人油然而生"江南好，风景旧曾谙"的乡愁；人物关系设定上的非血缘性，这是从《许三观卖血记》《兄弟》以来余华人物关系设定的重要模式，通过这一模式，余华书写出了更高级的亲密关系；叙事上的回环往复，有一种民谣式的音乐感，这使得余华的小说充满了可读性；土匪混战的场景描写堪比大片，如果搬上银幕或许有更直接的视觉效果……

同时，一个新的余华也在这些熟悉的气息里面慢慢呈现出来。从写作的地理看，余华扩大了他的写作"版图"。《文城》不仅仅写了余华熟悉的南方，也写了此前的小说涉及较少的北方。主人公林祥福是北方人，他由北入南，小说的女主角纪小美则是南方人，她一度由南而北。故事就在这样南北互动的过程中展开。在中国的小说叙事中，南方往往隐喻着一种退隐、蛰居、市井的社会生活，而北方往往代表着中心、权力和庙堂，中国文化中的"北伐""北望"等表述都暗示了一种南方对北方权力的渴望。但在余华这里，他反其道而行之，纪小美要去投奔的"权力"被悬置，她遇到的林祥福是另一个北方，这是一个敦厚、宽容、坚韧的北方，他完全没有居高临下的态度，而是以谦恭和隐忍之心对待着来自南方的不速之客——即使这不速之客一再欺骗他。纪小美和林祥福的姻缘就像是南方和北方的婚书，由此南北合为一体，溪流和平原、稻米和高粱，都滋养着生活其中的人,这是共同的大地、共同的人民和共同的血脉,在南北合流的叙事中,余华建构了一种民族的共同体想象。

居于这一想象中心的,除了地域,就是人物。小说塑造了几个典型的人物形象。这些人物在性格上有余华以前小说人物的影子,比如,沈阿强其实是另外一个福贵。男主角林祥福和陈永良身上都有一点许三观的影子,但是与许三观的懦弱、随波逐流相比,这两个人物身上有更多的进取之心。从小说人物的谱系学上来看,这两个人物应该是许三观和福贵的父辈或者祖辈,他们生命的一部分是属于"创业"的历史,林祥福和陈永良白手起家,在溪镇创造了财富和生命的神话。他们同时也守望相助,在混乱的时势中小心翼翼地守护着卑微而脆弱的世俗生活,当这一生活被强大的外力摧毁时,他们没有选择退缩,而是挺身而出,以"匹夫之勇"迎头而上。在《文城》中,侠的气质居于人物性格的高端链条,这一链条在两处达到顶点,一是林祥福为赎回顾益民而慷慨捐躯;一是陈永良手刃张一斧,为林祥福报得大仇。后者的场面描写简洁、准确、生动、大气磅礴:

> 陈永良左手抓住了张一斧的头发,右手手掌发力一拍,尖刀的刀柄从张一斧的左耳根进去了一半……陈永良将张一斧的身体推到墙上靠住,然后转过身来,他手上和衣服上流淌着张一斧的血,迎着小心围拢过来的人群走去,神态从容地从他们中间穿过去,走到了码头,跳上等待他的竹篷小舟,在宽阔的水面上远去。

这是《史记·刺客列传》的伟大传统,是祖先的血性和孤勇,"匹夫之怒,伏尸二人,流血五步",但这匹夫的血性和孤勇,却可以快意恩仇、匡扶正义、捍卫尊严——即使那些蝼蚁一样的乱世生命,也同样应该享受这正义和尊严。在当代写作中,这样的侠义和孤勇,前有写了《心灵史》的张承志,后有写了《文城》的余华。

还值得一提的一个人物是纪小美。这是余华此前小说中很少出现的一个女性形象,她主动、有决断、重情重义,从叙述动力来看,她是这部小说的引导者,没有她的主动引导——或者是一种引诱——林祥福和沈阿强都将无法行动,这个女性角色且留给读者和热爱女性主义批评的研究者们去解读，我这里不再赘言。

四

除了故事层面的好看——这一点很重要，不好看的小说没有长久的生命力，当代很多作家并没有意识到这一点，原创性故事的缺席是当代小说德性最大的败坏——小说家的思想、知识和观念不应该溢出小说这一有机体本身，昆德拉有一个比较饶舌的解释"小说只能发现小说所能发现的"。余华对此有清醒的自觉，《文城》的故事、人物和行动构成了一个圆融的有机体，这一有机体折射出丰富多元的主题。

首先是"信"，既包括人和人之间的信任，同时也包括对某一种事物的信念，对某一种情感和理想的执着。信是中国文化里面核心的一个部分。《文城》其实是由几组不同的信任关系构成的。林祥福和陈永良、林祥福和纪小美、纪小美和沈阿强……正如《许三观卖血记》里许三观和他的孩子没有血缘关系，但是他们的亲密程度却超越了血缘，《文城》中的这几组亲密关系同样也建立在非血缘性的信任关系上，这种"信"既是文化的养成，也是人类的本性。

与"信"相关的是"义"。小说中主要人物行动的逻辑都在于"义"，讲义气，有情有义。除了主要人物是如此行动以外，小说中的次要人物甚至是反面人物，都遵循这一行动的原则，比如土匪，有情有义的土匪最后得到了善终和尊敬，而无情无义的土匪则只能曝尸街头、受众人唾弃。这一情义原则与上文提到的"信"是中国文化的基础，但余华没有浅薄地给这些原则冠以高头讲章，小说没有任何关于情义、信任的说教，而是通过那些小人物、底层民间的人物来静默地呈现这一文化血脉是怎样流淌在我们先民的生活和生命之中。有朋友在读到小说中"独耳民团"保卫战之后不禁潸然泪下，情义由此穿透了历史，直接对当下构成了一个提问。在这个意义上，《文城》的所叙时间固然是百年前的清末民初，但因为有了这种对普遍人性的深刻描摹，它又直指当下的时刻，所以它并非固态静止的历史演义，而是以镜像和幽灵的形式活在我们身边的故事。

在余华此前的小说中，从《活着》到《第七天》，一个基本的主题是"失去",这一主题在《文城》中依然有所保留,林祥福、陈永良、纪小美等人都在不断地经历失去,但是,《文城》中出现了一个"失去"的反题,那就是"创造"和"收获"。林祥福失去了妻子,但创造了财富,收获了女儿和友情;陈永良收获了林祥福的帮助和情谊;顾益民失去了财富、儿子、健康,但是他同时也收获到了对正义的新的理解;土匪和尚失去了生命,但收获了人之为人的尊严。现实和物质意义上的失去与精神和人性意义上的收获,构成了《文城》的正反主题,它们的合题则是人类川流不息的生命原力,正是因为有了这种原力,普通的生命也能开出灿烂的人性花朵。

五

最后读者或许有疑问:文城在哪里?它是一处什么样的所在?据编辑介绍,这部小说最开始并不叫《文城》,而是叫《南方往事》。仅仅从字面来看,"南方往事"是一个比较虚的所指,"文城"则比较实。但落实到这部小说中,我们会发现"文城"是一个更加虚的所指。在小说中,文城是一个被虚构出来的、根本就不存在的地方。但是,在小说中,文城又无处不在,它在想象和象征的层面提供了行动的指南,正是因为有了寻找文城的欲望,林祥福才开始了他"在路上"的"出门远行"——这与余华当年的成名作《十八岁出门远行》有着某种隐秘的对位关系。只不过这一次远行并没有在路上中断,而是实实在在地演绎出了新的人生和故事。

文城寄托了一种乌托邦式的想象和向往,这与卡尔维诺笔下的卓贝地城有异曲同工之妙,不过是卡尔维诺的卓贝地城终究从梦想变成了现实,并成为欲望和商品的集散地;而文城,却永远无法抵达。在这无法抵达的幻灭中,一种历史的悲剧意识浮现了出来。余华选择了当代艺术家张晓刚的一幅名画《失忆与记忆:男人》作为《文城》的封面,隐晦地传达了这种历史感。在这幅画面中,一个男性,微微低头,眼眶中有泪,泪将滴未滴,这让我们想到艾青的一句名诗:"为什么我的眼里常含泪水?/因为我对这土地爱得深沉……"为什么对这土地爱得深沉?是因为在这土地上的人,因为在这土地上的人之间的爱、情谊和信任。余华在此呈现了深刻的大地之爱——在小说中，林祥福是面带微笑慨然死去，陈永良手刃仇人的表情没有具体描写，但我想应该也是带有一丝笑意——如此，这封面上男性的眼泪构成了另外一个反题，这一反题是关于历史和人事的。在小说的结尾，余华如此描写了路上的风景：

  道路旁曾经富裕的村庄如今萧条凋敝，田地里没有劳作的人，远远看见的是一些老弱的身影；曾经是稻谷、棉花、油菜花茂盛生长的田地，如今杂草丛生一片荒芜；曾经清澈见底的河水，如今混浊之后散出阵阵腥臭。

如此看来，文城，终究是无法抵御历史衰败的逻辑曲线。
因为，Tout passe，tout lasse，tout casse（一切都有完结的时候）。

2021 年 2 月 28 日

韩少功的文化焦虑和文化宿命
——以《山南水北》为讨论起点

讨论韩少功是有难度的。从某种意义上说，韩少功是一个复杂的作家，这不仅仅是指他在近三十年的写作历史中，一次次给中国当代文学界以期待和冲击，本身已经构成了"一部小小的文学史"[①]；更重要的是，他的写作史始终与中国当代思想史和社会史紧密地纠缠在一起，他的文学行为学和他的文学写作互为话语，讲述着一个有着多样面孔的韩少功。正因为如此，讨论韩少功也是有风险的，因为对于他任何一方面的描述都可能失之偏颇，而不能见出一个完整的个体，这可能既让韩少功失望，也会让关心和热爱他的读者和批评者失望。不过，虽然有这两个可能让我望而止步的难点，我依然对阐释或者批评韩少功充满了强烈的兴趣。我之所以选择《山南水北》为我讨论的起点，一方面固然是因为《山南水北》集中体现了新世纪以来韩少功文学姿态和文学写作的互文关系，更重要的是，在这些文体不明、意图暧昧的叙述中泄漏了韩少功这一代人太多的隐痛。这种"痛"，不仅是韩少功个人生活或者写作的"痛"，更是一代人焦虑的"痛"、救赎的"痛"。更"可怕"的是，这种"痛"是如此具有穿透力，它所蕴含的复杂的文学和社会学意义对批评提出了新的挑战，对于它的把玩赏析和赞誉有加的文字透露了当下文学批评在历史分析上的无力。它使我们意识到，一切非历史的、树立文学史标杆和精神偶像式的批评可能都是不痛

[①] 第五届华语文学传媒大奖终审评委谢有顺语，见《南国都市报》2007年4月12日。

不痒的。批评同样需要"痛感",批评的"痛",就是在细细剔清一个作家与他的时代、社会、历史的血肉关联时候的"痛";这种痛,就是要破除个体作家"独自成蛹"的神话,"揭穿文本的秘密性、私人化的现象,(发现)这些文本与历史场景有着深厚及共谋性的关联",① 从而在个体写作中发现更具有普遍意义的问题甚至是命运。这正是我在本文中将要尝试的方式。

一、"寻根"与"再寻根"

我们注意到,在1980年代,通过投身于某一种文学潮流(如伤痕文学、反思文学、改革文学、"寻根文学"等)来获得在文学场相对优先的位置,成为一种主要的文学生成机制。这是中国当代文学生成的一种很特殊的方式,从来没有一个时期出现过如此密集的文学思潮并造就了一批经典作家作品。在很大程度上,韩少功也是这种文学生成机制的受益者,他进入当代文学史正是与"寻根文学"紧密捆绑在一起的。但是,当"寻根文学已经是当代文学史上一个巨大的无法逾越的神话"或者成为一些"抽象的历史形式、文学术语和概念"② 的时候,它已经对我们重新认识具体的问题形成了阻碍,可能正是出于这种考虑,陈晓明在1994年左右就小心翼翼地认为"韩少功是唯一可以从寻根的布景中剥离出来的寻根派作家"③。在陈晓明看来,这种"剥离"是为了进入一个更具有个人性和连续性的韩少功,但是他最后的结论却非常奇怪,他把莫言的《红高粱家族》作为"寻根"这棵"疯狂的石榴树"结出的最后的果实,并认为至此"寻根文学"

---

① 薇思瓦纳珊编:《权力、政治与文化——萨义德访谈录》,单德兴译,生活·读书·新知三联书店2006年版,第36页。

② 陈晓明:《个人记忆与历史布景——关于韩少功和寻根的断想》,《文艺争鸣》1994年第5期。

③ 陈晓明:《个人记忆与历史布景——关于韩少功和寻根的断想》,《文艺争鸣》1994年第5期。

不仅"埋葬了自己,也埋葬了当代中国最后所具有的巨大的历史冲动"①。但韩少功接下来的写作证伪了陈晓明的判断,在《马桥词典》《暗示》以至《山南水北》一一呈现在我们面前时,我们不禁要问,"寻根"终结了吗?或者说,是"寻根"的哪一部分终结了,而哪一部分还继续顽强地保存了下来?

从"寻根文学"一开始,韩少功就一直在辩白他的"无意识"和"无心之举"②,韩少功认为:"五四以后,中国文学向外国学习,学西洋的、东洋的、俄国和苏联的;也曾向外国关门,夜郎自大地把一切洋货都封禁焚烧。结果带来民族文化的毁灭,还有民族自信心的低落……但在这种彻底的清算和批判之中,萎缩和毁灭之中,中国文化也就能涅槃再生了。"③实际上,无论是韩少功对所谓的"楚文化"的追寻,还是阿城对所谓的"老庄"的迷恋,他们都有一个隐藏的目的,那就是回到文化的"根",发掘本民族文化上的多样性,从而重建已经发生巨大断层的民族文化和民族文学。只是在当时特殊的历史语境下,很多问题还相当敏感,所以对这一目的的表达非常隐晦和含蓄,阿城就曾经坦言:当时写《文化制约人类》,"题目还好,可是内容吞吞吐吐,那时候还怕牵连我父亲"④。但无论如何,"寻根文学"作为一种寻找"异"的历史冲动,其出发点虽然是"文学的"(文学的创新),但其最终的目的却是"文化的"(寻找多样的文化)。这正是韩少功所谈到的:"寻根就是根据这两个问题:一个是创作实践状况,两代作家的成长道路,怎样继续提高一步;第二个就是怎么样看待东方文化,东方文化的前途和现在面临的迫切需要改造的任务。"⑤在2005年,阿城更是以过来人的身份再次强调了"寻根"的文化面向:面对生活方式、情感模式、话语表达上的高度集体化,"寻根派"就是"要去找不同的知

---

① 陈晓明:《个人记忆与历史布景——关于韩少功和寻根的断想》,《文艺争鸣》1994年第5期。
② 林伟平:《访作家韩少功:文学和人格》,《上海文学》1986年第11期。
③ 韩少功:《文学的"根"》,《作家》1985年第4期。
④ 查建英主编:《八十年代:访谈录》,生活·读书·新知三联书店2006年版。
⑤ 林伟平:《访作家韩少功:文学和人格》,《上海文学》1986年第11期。

识构成，补齐文化结构，（这样）你看世界一定就不同了"①。

那么，关键问题是，"寻根"需要解决的两个问题完成了吗？我们先来看第一个问题，也就是作为文学的"寻根"成功了吗？这个问题基本上不需要论证，文学史已经证明，"寻根文学"在审美意识、主体观念和语言表达上都为中国当代文学贡献了一个高度，"它实际完成了一次文学观念和审美风格的变异"②，从这一点看来，作为文学的"寻根"实际上是成功的。但是也正是这种成功过于"巨大"，它反而掩盖了"寻根"的另外一个向度，正如陈晓明所指出的"'寻根文学'的动机与效果未必相符，那些'文化之根'其实转化为叙事风格和美学效果，一个文学讲述的历史神话结果变成文学本身的神话"③。这里就涉及第二个问题，作为寻找另一种"文化构成"的"寻根"完成了吗？

韩少功在1985年的代表作品回答了这个问题，我们在《爸爸爸》和《女女女》等"寻根文学"的经典作品中读到的不是韩少功所谓的"绚丽的楚文化"，而恰恰是一个需要被改造的、落后的、丑陋的文化"异类"。而在"寻根文学"的另外一个代表人物王安忆的《小鲍庄》里面，"仁义"所代表的文化也被描述为类似于鲁迅式的"吃人"的虚伪的礼教。这是一种让人惊讶的名不符实，"寻根"本来是为了寻找一个足够强大的可以救赎整个民族的文化，最后却回到了"批判国民性"的老路子上了。阿城对此有非常深刻的体察："寻根，造成又回到原来的意识形态，而不是增加知识和文化的构成。是比较烦的。""你不管是找传统也好，找西方也好，这样你的知识结构和文化构成才会丰富一些，你就会从原来的那个意识形态脱离开，或看得开一些。唉，怎么结果它又回来了！"④阿城的失望之情在这里表露无遗。但是问题可能并没有这么简单，实际上，"寻

---

① 查建英主编：《八十年代：访谈录》，生活·读书·新知三联书店2006年版。
② 陈晓明：《个人记忆与历史布景——关于韩少功和寻根的断想》，《文艺争鸣》1994年第5期。
③ 陈晓明：《个人记忆与历史布景——关于韩少功和寻根的断想》，《文艺争鸣》1994年第5期。
④ 查建英主编：《八十年代：访谈录》，生活·读书·新知三联书店2006年版。

根"的确寻找到了一些文化之根,如楚文化、道家文化、吴越文化等等,这些文化类型的发现也确实突破了当时的局面。但问题的关键是,这些"寻根"者们对于这些文化的态度却停留在"五四"的水平上,文化的确认再一次成为文化的批判,我想,这正是阿城指责"寻根"失败的主要原因。而韩少功,作为"寻根文学"最早的发起人,他对此的认识可能比其他人更为深刻,他早就预言了"寻根""早产"的性质。在1986年,他已经意识到"寻根"是一个分层次的"文学/文化"实践,它不可能毕其功于一役[①],在所谓的"寻根文学"的运动中,"寻根"只不过完成了其最"表面化"的任务。

  在我看来,因为"寻根"的这种"未完成性",实际上可以说"寻根文学"之后有一个"再寻根",而韩少功,无疑是这一个"再寻根"的身体力行的实践者。《山南水北》只有置于这样一个历史的链条中才凸显出其不一般的意义。随着《山南水北》在他隐居六年之后的出现,韩少功再次把"寻根"这样一个话题推到了我们面前,山还是那个山,水还是那个水,当韩少功一头扎进那一方小小的山水,这再一次的"寻根"对于韩少功有何意义?它与这二十年急剧变化的当代中国历史之间构成了何种复杂对话的关联?

二、视角的变化和自我的迁移

  一个很明显的事实是,《山南水北》在写作上无疑是在继续自《马桥词典》和《暗示》以来的路子。但是,有一个事实提供了一个新的话题,那就是,与以往的"返乡者"身份不同,这一次,韩少功以一个"隐居者"的身份出现在《山南水北》之中。我们注意到,虽然在《马桥词典》和《暗示》中"我"频繁出现,但这个"我"却始终外在于他所描写的生活,仅仅是一个"旁观者",并且随时准备离开(返乡的另外一个意义就是离乡)。但是在《山南水北》中,"我"第一次开始以唯一确定的现实的身

[①] 林伟平:《访作家韩少功:文学和人格》,《上海文学》1986年第11期。

份出现，这个身份就是当年的知青，曾经的农民，现在的作家、城里人、海南省作协主席——韩少功。

很多人忽视了这一变化，而这一变化恰恰至关重要，它至少涉及两个与当代文学史密切相关的重要问题，一个是作家叙述视角的再一次变换，一个是与这种视角变换密切关联的自我意识的迁移。在很多研究者看来，韩少功在1985年的写作有一个很大的变化，那就是从"不平则鸣""为民请命"的"功利性写作"转换到以《爸爸爸》为代表的"冷峻严肃"的"文学性写作"①，但是我们发现，如果从叙述视角来看，这种变换并没有改变韩少功"疗救者"和"启蒙者"的视角和自我意识。他只不过是把"疗救"和"启蒙"的对象从现实转移到了历史中去而已，虽然《月兰》中热切激愤的"我"已经隐遁在《爸爸爸》和《女女女》的冷静叙述中，但是，一个"全知全能"的叙述者的形象却丝毫没有改变，反而得到了加强。有评论者认为："如果说在1985年以前，韩少功认为文学和现实之间主要是一种模仿的关系……那么在他1985年以后的作品里，他则悟到两者之间是一种对话式的关系。"②但在我看来，因为叙述视角和自我意识没有发生改变，这种"对话"关系并没有在其作品中体现出来，其实依然是一种由作者全部控制的单向度的"训话"，它导致的直接后果是，"把中国传统保守愚昧的那一面又给拎出来，作为一个靶子……而是又变成一个自我否定了"③。可能韩少功本人也意识到了这种情况，在经过较长时间的搁笔后，他在《马桥词典》中对这种"启蒙意识"和"全能视角"进行了反思，有意思的是，这种反思同样来自对所谓小说美学的重新定位，在《马桥词典》的"枫鬼"这一词目中，韩少功有一段"自白"：

> 我写了十多年的小说，但越来越不爱读小说，不爱编写小

---

① 李庆西：《他在寻找什么？——关于韩少功的论文提纲》，《小说评论》1987年第1期。

② 〔英〕玛莎·琼：《论韩少功的探索型小说》，田中阳译，《当代作家评论》1993年第5期。

③ 查建英主编：《八十年代：访谈录》，生活·读书·新知三联书店2006年版。

说——当然是指那种情节性很强的传统小说。那种小说里，主导性人物，主导性情节，主导性情绪，一手遮天地独霸了作者和读者的视野，让人们无法旁顾。即便有一些偶作的闲笔，也只不过是对主线的零星点缀，是专制下的一点点君恩。必须承认，这种小说充当了接近真实的一个视角，没有什么不可以。但只要稍微想一想，在更多的时候，实际生活不是这样，不符合这种主线因果导控的模式。①

"主导性人物，主导性情节，主导性情绪"，这一切都源于那个高高在上、全知全能、以"启蒙者"和"拯救者"为己任的叙述者。而在《马桥词典》中，我们发现一个"旁观者"的视角已经出现，他随处游走于人群之中，打量着各式各样的表演和景观。他不动声色，也不担负任何责任，好像一个被突然放逐的史官，默默地编撰着一部文化密码似的词典，但是，这种转变并不完全、彻底②，在很多时候，他残存的"启蒙者"的意识不时会冒出头来，用一种貌似现代化的观念去"启蒙"那些非现代的农民。在《碘酊》中，这一意识以反讽的形式被表达出来：

> 我出生在城市，自以为足够新派，一直到下乡前，却只知道有碘酒而不知道有碘酊。……我完全没有料到，这里的男女老幼都使用一个极为正规的学名：碘酊。他们反而不知道什么是碘酒，很奇怪我用这种古怪的字眼。即使是一个目昏耳聩的老太婆，也比我说得更有学院味。③

"启蒙"在这里遭到了嘲笑，"启蒙者"和"人民"之间的关系似乎

---

① 韩少功：《枫鬼》，见《马桥词典》，上海文艺出版社1997年版。
② 洪治纲认为《马桥词典》依然是"结构性"的，也就是说，韩少功还没有完全放弃"主导"叙事。参见洪治纲：《具象：秘密交流或永恒的悖论——论长篇小说〈暗示〉》，《当代作家评论》2003年第3期。
③ 韩少功：《碘酊》，见《马桥词典》，上海文艺出版社1997年版。

被颠倒过来。从《马桥词典》再到《山南水北》，韩少功关于"自我"的确信越发羸弱。在1996年，作为第一人称的"我"已经开始受到韩少功的深刻质疑：

> 从某种意义上说，我从来只是历史和社会的某种代理，某种容器和包装。没有任何道理把我的心智单独注册为"我"，并大言不惭地专权占有它。①

"旁观者"一次次蜻蜓点水似的路过已经不足以释放这种深刻的焦虑，在此情况下，"隐居"才成为一种必要的实践，"隐居"意味着完全进入山水，与土地、人民打成一片，和他们生活在一起，共同成为主体。

从"启蒙者"到"旁观者"再到"隐居者"，叙述视角的变化和自我意识的迁移几乎同时发生。与这种变化相伴随的是中国当代知识分子与"人民"之间关系的调整，正如祝东力所指出的："人民尤其是英雄的人民，并不是一种恒定的'实体'（固定的社会群体），而毋宁是一种'功能'，一种价值和精神。"②从1949年到2006年，伴随着知识分子地位的沉浮，"人民"的功能也在不断地发生着变换，从知识分子接受贫下中农的改造，到"朦胧诗""伤痕文学""改革文学"一呼百应，再到市场经济改革后"人民"的一部分变成"某种'市民阶级'"，另外一部分转型为"大众"③，知识分子似乎已经失去了与"人民"进行有效对话的途径和能力。在1992年之前，主体的建构被想当然地理解为知识分子个人主体意识觉醒的问题，而忽视了这样一个事实，主体意识的建构实际上是一个社会的系统工程，它不但涉及知识分子的经济地位、政治地位、文化地位，同时也关涉"对象的主体性"，当"对象主体"（人民大众）突然绝尘而去，所谓知识分子的"主体"也不过是一个空洞的"镜像"。从1985年中国文化界高扬"主体"的大旗，到1990年代"人文精神大讨论"的出现，

---

① 韩少功：《完美的假定》，作家出版社1996年版，第35页。
② 祝东力：《精神之旅》，中国广播电视出版社1998年版，第179页。
③ 祝东力：《精神之旅》，中国广播电视出版社1998年版，第178—179页。

一个完整的主体死亡故事得到建构。

只有在这样的历史语境中，我们才可以理解韩少功自《爸爸爸》到《马桥词典》再到《山南水北》的转变。如果说在《马桥词典》中，韩少功还小心翼翼地守护着自己的"姓名权"（一种主体意识的符号化），还在不停地用各种身份进行"狡辩"和"掩护"，还在把"人民"和"农村"作为一个客体来进行"对象化"。那么，在《山南水北》之中，他已经放弃了这种对"自我"的守护，"韩少功"成了一个可以被人任意指认、任意对话的非个体存在。他醉心于山南水北那些充满"巫术"色彩的"人民"，他们的劳动、智慧，他们对于生命的耐力和抗争，他甚至因为一个盲人小姑娘神奇的"听音"能力而自惭形秽①。由此韩少功更加谨小慎微，他越发接近文化的"根部"，他越发感到了个人其实是一个靠不住的存在。对于韩少功来说，"隐居"完全不同于古代士大夫的政治避祸或者归隐田园，"隐居"是一次带有悖论色彩的文化实践，一方面，它是基于主体意识瓦解后的一种"撤退"；而另一方面，只有把自己完全纳入山水和山民之中，他的自我焦虑才可能得到释放，一个新的精神主体才有可能生成。只不过让我们感到疑惑的是，如果连自我都已经靠不住了，那些山水是否还有疗伤的功效？如果自我如韩少功所言都不过是历史和社会的"某种容器"，那山水又岂能是一片纯净的自然天地？

三、"山水"的意识形态

且让我们先来看一看韩少功对他隐居地山水的描述：

> 几年前我回到了故乡湖南，迁入乡下一个山村。这里是两县交界之地，地处东经约113.5度，北纬约29度。洞庭湖平原绵延到这里，突然遇到了高山的阻截。幕阜山、连云山、雾峰山等群山拔地而起，形成了湘东山地的北端门户。它们在航拍下如云

---

① 韩少功：《山南水北》，作家出版社2006年版。

海雾浪前的一道道陡岸，升起一片钢蓝色苍茫。①

"巴童浑不寐，半夜有行舟。"这是杜甫的诗。"独行潭底影，数息树边身。"这是贾长江的诗。"云间迷树影，雾里失峰形。"这是王勃的诗。"野旷天低树，江清月近人。"这是孟浩然的诗。"芦荻荒寒野水平，四周唧唧夜虫声。"这是《阅微草堂笔记》中俞君祺的诗……机船剪破一匹匹水中的山林倒影，绕过一个个湖心荒岛，进入了老山一道越来越窄的皱褶，沉落在两山间一道越来越窄的天空之下。我感觉到这船不光是在空间里航行，而是在中国历史文化的画廊里巡游，驶入古人幽深的诗境。②

这两段描写意境之美、文字之雅让我刹那之间恍兮惚兮，以为置身于陶渊明笔下的桃源圣地。但这不过是错觉罢了，实际上，这种对山水客观的描摹不仅在整部作品中非常少见，而且，即使在短暂的沉醉中，韩少功也清醒地意识到"历史的怪兽"就隐藏在山水之后：

当时这里也有知青点，其中大部分是我中学的同学，曾给我提供过红薯和糍粑，用竹筒一次次为我吹燃火塘里的火苗。他们落户的地点，如今已被大水淹没，一片碧波浩渺中无处可寻。当机动木船突突突犁开碧浪，我没有参与本地船客们的说笑，只是默默地观察和测量着水面。我知道，就在此刻，就在脚下，在船下暗无天日的水深之处，有我熟悉的石阶和墙垣正在飘移，有我熟悉的灶台和门槛已经残腐，正在被鱼虾探访。某一块石板上可能还留有我当年的刻痕：一个不成形的棋盘。

米狗子，骨架子，虱婆子，小猪，高丽……这些读者所陌生的绰号不用我记忆就能脱口而出。他们是我知青时代的朋友，是深深水底的一只只故事，足以让我思绪暗涌。三十年前飞鸟各投

---

① 韩少功：《地图上的微点》，见《山南水北》，作家出版社2006年版。
② 韩少功：《扑进画框》，见《山南水北》，作家出版社2006年版。

林,弹指之间已不觉老之将至——他们此刻的睡梦里是否正有一线突突突的声音飘过?①

一切恍如旧梦,但对知青生活如此清晰的记忆却提醒我们,山水在韩少功的面前,绝对不是一幅审美的水墨画,而是缠绕着种种历史的欢欣和痛苦。对于韩少功他们这一代人来说,"山水/山川"一直承担着独特的历史功能,在他们人生的不同时期发挥着不同的效用。韩少功生于1953年,十六岁时(1969年)离家插队,那可能是他第一次如此亲切地与山川面对面:

> 那是连钢铁都在迅速消融的一段岁月,但皮肉比钢铁更经久耐用。耙头挖伤的、锄头扎伤的、茅草割伤的、石片划伤的、毒虫咬伤的……每个人的腿上都有各种血痂,老伤叠上新伤。但衣着褴褛的青年早已习惯。朝伤口吐一口唾沫,或者抹一把泥土,就算是止血处理。我们甚至不会在意伤口,因为流血已经不能造成痛感,麻木粗糙的肌肤早就在神经反应之外。
>
> ……从那以后,我不论到了哪里,不论离开农村有多久,最大的噩梦还是听到一声尖锐的哨响,然后听到走道上的脚步声和低哑的吆喝:"一分队!耙头!箢箕!"②

任何一个有过知青经历的人可能对这段描写都心有戚戚,山水在"改天换地"的宏大叙述中变成结结实实的体能和精神折磨。在"革命青年"改造山水的同时,山水也毫不留情地改造了他们,这种历史的辩证法通过韩少功对"劳动"的态度体现了出来,昔日让人痛不欲生的体力劳动在四十年后的今天已经成为一种资本:"坦白地说:我怀念劳动。坦白地说:我看不起不劳动的人,那些在工地上刚干上三分钟就鼻斜嘴歪屎尿横流的

---

① 韩少功:《扑进画框》,见《山南水北》,作家出版社2006年版。
② 韩少功:《开荒第一天》,见《山南水北》,作家出版社2006年版。

小白脸。"而在另外一个当年的知青那里,"劳动"已经成为一种"生存方式",他只有在不停的"劳动"中才能确认到生命的存在①。虽然韩少功毫不费力地把这种对"劳动"的迷恋与海德格尔对现代化的批评嫁接在一起,并一再声明他对于城市生活的厌倦,但让我们怀疑的是,这究竟是一种怀旧还是对现代化的批判?

提出这样一个疑问来自一种文学史的事实,那就是,在1980年代,当"改革"和"现代化"的意识形态蔚为潮流的时候,正是山水承担着对现代民族国家的想象认同。我们或许还记得张承志在《北方的河》中对山水的呼唤和拥抱:

> 陕北高原被截断了,整个高原正把自己勇敢地投入前方雄伟的巨谷,他眼睁睁地看着高原边缘上一道道沟壑都伸直了,笔直地跌向那迷蒙的巨大峡谷,千千万万黄土的山峁还从背后像浪头般滚滚而来。他激动地喃喃着,"嘿,黄河,黄河"。
>
> 他沿着黄河踱着,大步踏着咯响的卵石。河水隆隆响着,又浓又稠,闪烁而颠动,像是流动着沉重的金属。这么宽阔的大峡都被震得摇动啦,他惊奇地想着,也许有一天两岸的大山都会震得坍塌下来。真是北方第一大河啊。远处有一株带有枝叶的树干被河水卷着一沉一浮,他盯准那绿叶奔跑起来,想追上河水的速度。他痛快地大声叫嚷着,是感到自己已经完全融化在这喧腾声里,融化在河面上生起的、掠过大河长峡的凉风中了。
>
> 她看见了一幅动人的画面:一条落满红霞的喧嚣大河正汹涌着棱角鲜明的大浪。在构图的中央,一个半裸着的宽肩膀男人正张开双臂朝着莽莽的巨川奔去。②

---

① 韩少功:《农痴》,见《山南水北》,作家出版社2006年版。
② 张承志:《北方的河》,十月文艺出版社1987年版。

在一些研究者看来,张承志这种对山水的极其夸张的热情表达是利用"一种地域观念、'血统'关系、一种文化关系来重构一个中国的概念。民族国家想象开始依托于一种文化地理学式的现代化理论,以新的面目被建构起来"①。最重要的是,这种民族国家认同是建立在对现代化美好前景的想象中来完成的,山水在此如同张承志笔下的那个热血青年,在经过"文革"的毁灭后再一次走在现代化的康庄大道上。

这一对比或许能让我们理解韩少功等的痛苦,无论是对"东方文化"的"寻根",还是对"黄河文化"的拥抱,现代化始终是一个让人梦绕魂牵的"乌托邦"。但是,当现代化突然以一种粗放的方式展开的时候,他们如何安顿自己的理想和灵魂?毫无疑问,韩少功对此有痛苦的幻灭,当他在1988年毅然南下海南,创办《海南纪实》杂志,身体力行于现代化的"伟大实践"之中,他或许没有料想到,仅仅不过十多年时间,他就要"打道回府",重归山水。

只是山水也不过是历史的"造物",历经"上山下乡"的改造、市场经济的"掳夺",这山水之中的文化之根还残存多少?这眼前的"景观"到底是知青的"桃源旧梦"还是经"现代化冲击后的残山剩水?韩少功似乎已经意识到了,就算是怀旧,在市场化的语境中,也需要付出昂贵的代价"。②而昔日借助"乌托邦"的宏大叙述建构起来的"山川人民"也已经在历史的流变中杂糅相成,构成一幅让人啼笑皆非的"后现代奇观"。

或许这才是更原生态的山水人情,它没有张承志的山水那么激情澎湃,没有路遥的山水那么脉脉深情,也已经在现代的观照中失去了《爸爸爸》中的诡秘神奇,但是,这是真实的,这是与历史不屈不挠进行对话的山水,它与那些隐秘的自然风物一起,构成了我们真正赖以生存的山河大地。对于它的认可,意味着韩少功已步入中年,他的怀旧、他的暧昧、他的自嘲,既有无可奈何的"天命"之感,也有看淡一切的"平常心是道"。

---

① 张凡珊:《认同重建于"山川"之中——试析张承志〈北方的河〉》,《当代作家评论》2007年第4期。

② 韩少功:《怀旧的成本》,见《山南水北》,作家出版社2006年版。

四、一代人的焦虑和宿命？

韩少功最后寻找到了什么？如果非要给出一个确定的答案，可能会是比较遗憾的，至少从目前来看，他还没有给我们提供一个解决问题的方案，他无疑确实在努力寻找一个新的"文化构成"来重构精神主体和现代文化图景，并以此来安顿自己疲倦的个体生命。但是，因为他们这一代人特殊的精神构造，这种努力可能还有待时日。韩少功的文化姿态并非代表了他一个人的困境，而是代表了一代人的困境。我们会发现一个有意思的现象，与韩少功相似，包括李锐、李陀、张承志、北岛等人都有这种情况发生，即从最初的对"现代化"和"现代派"的热情肯定到对其产生怀疑和犹豫，比如李陀在1999年开始反思"纯文学"的说法[1]，而北岛居然对自己当年写出的《回答》深表不满[2]，韩少功的隐居不过是其中比较极端的一个例子。为什么会出现这种情况？阿城在一篇文章中认为这是因为他们没有办法超越自己的"知识模式"和"情感模式"，他回忆了一个小小的细节，就是北岛一旦在喝醉的时候，总是慷慨激昂地大声唱起《东方红》，在阿城看来，他们这一代人没有办法超越这种革命情结，以及与之相伴随的"激情""责任""理想主义""乌托邦理想"等等。[3]因此他们在世俗的、彻底商品化的现代化进程中感到不适应。实际上这种"不适应"一直是中国近百年来现代文化史中经常出现的现象，比如周作人，他在1920年代就开始反思中国现代化的思想资源，并开始寻找所谓的汉唐文明来重建文化的自主性，他对江浙山水、茶食、人情世故的书写描摹与今天的韩少功何尝没有隐隐的历史关联。Rey Chow（周蕾）在讨论中国现代性生成的过程中，特别谈到主体欲望爱憎交织的反应。她认为中国现代文人在遥念中

---

[1] 李陀、李静：《漫说"纯文学"——李陀访谈录》，《上海文学》2001年第3期。
[2] 查建英主编：《八十年代：访谈录》，生活·读书·新知三联书店2006年版。
[3] 查建英主编：《八十年代：访谈录》，生活·读书·新知三联书店2006年版。

国的始源时,产生了一种既迷恋又排斥的症候①。而正是这种症候,造成他们相对应的对现代化患得患失的矛盾心理。

韩少功身处这样的历史进程中,当然也无法幸免这种"焦虑",虽然他的一系列写作和行为可能会暂时救赎他的个体生命,"他把一个知识分子的生存焦虑,释放在广大的山野之间,并用一种简单的劳动美学,与重大的精神难题较量,为自我求证新的意义"。②但是,对于韩少功以及更多的中国人文知识分子来说,这其实不过刚刚开始,在一个可以估量的时段和范围内,现代化的世俗化、去魅化、商品化的进程不会终止也难以逆转,因此在一个相当长的历史时期内,中国的人文知识分子可能还要深深地纠缠在这样"迷恋又排斥""爱憎交织"的焦虑和痛苦之中,他们会一次次重构自己的历史、传统,一次次返乡和归隐,叩问山河大地,直到寻找到属于自己的文化和经典,这或许就是韩少功目前给我们提供的最实在的启示和意义。

2009 年 9 月 8 日

---

① Rey Chow, Primitive *Passions*: *Visuality, Sexuality, Ethnography, and Contemporary Chinese Cinema*, Columbia UP, 1996, chap.1。参见王德威:《当代小说二十家》,生活·读书·新知三联书店 2006 年版,第 331 页。

② 谢有顺:第五届华语文学传媒大奖 2006 年度杰出作家韩少功"授奖词"。见《南国都市报》2007 年 4 月 12 日。

无法命名的"个人"
——读《隐身衣》

长篇小说《春尽江南》出版之后，格非又发表了中篇小说《隐身衣》。这两部小说分享了一些共同的主题：失败的主人公，企图抗拒失败的努力，个人在这种失败中试图保持内在精神生活的尊严。这两部小说所透露出的一个总体信息是，格非试图把当下生活通过文学的形式进行问题化。这既可以视为格非作为一个已经被经典化了的先锋作家的一种自我写作的调整，也可以在更广阔的范围内视作中国当代现实对中国当代写作所提出的要求。当代写作——具体来说是21世纪的写作——实际上在两个互相关联的方向提出了新的要求，第一，它要求作家不仅仅关心写作的内部问题，还要把这种内部问题置于总体视野中来进行具体化，作家在这个历史时刻更应该成为一个"问题作家"；第二，它要求批评家成为一个提问者，他要根据历史的要求对写作进行更严格的提问，而进行提问的前提是，批评家必须是一个卓越的观察者和预言者，他对社会的总体判断即使不高于作家，也应该与作家保持同步。总之，我以为当下的中国文学创作和文学批评面临一个临界点，跨过去，写作就会超越"作品"的层面而上升到真正的文学高度；跨不过去，则我们都只能做一个一流时代的三流文人。

我把格非的《隐身衣》和《春尽江南》视作这一"跨越"努力的尝试之一，很显然，我接下来的读解是从批评的角度对这一努力的自觉呼应和互动。

一

《隐身衣》中的主人公"我"没有名字。作品中所有的重要人物都有姓名,但这个第一人称的叙述者"我"没有名字,他只有一个姓——崔。如何来称呼这个主人公,对于批评者来说有一定的难度。对一个人物的命名不是一件简单的事情,往往涉及对这个人物的身份认定、阶级定位等等。我不知道格非是否故意要留下这么一个"空白",从而迫使批评家不能轻易放过这个人物。在小说的开篇,这个人是这么自述的:

> 你已经知道了,我是一个专门制作胆机的人。在北京,靠干这个勾当为生的,加在一起不会超过二十个人。在目前的中国,这大概要算是最微不足道的行业了。①

由此我们知道他是一个手艺人,但又不是那种非常常见的从事日常工作的手艺人,因为他说全北京从事他这个手艺的大概不到二十个人,这是非常小圈子化的一门手艺(职业)。按照马克思经典的阶级理论,手艺人应该属于小资产阶级——拥有自食其力的能力和资本。但很明显,随着小说的展开,我们发现小说中的"我"溢出了马克思的经典定义。他曾经可以自食其力并有一定的经济能力,但是在小说叙述的此时此刻,他正在逐渐变成一个失败者。作品从一开始到最后一直在描写他不断遭遇失败的经历:被妻子抛弃,失去唯一的住所,租住姐姐的房子但又面临被驱逐,找好友借旧厂房栖身被拒绝,不得已最后跑到荒郊野外去跟一个被毁容的女人住在一起。他基本上没有什么固定的收入,也没有什么社会地位。在小说中,他唯一的安慰来自音乐:

> 有好几次,当那熟悉的乐音在夜幕中被析离出来,浮荡在那

---

① 格非:《隐身衣》,人民文学出版社2012年版。以下引文未特别标注的皆出自该版本。

个北墙有裂缝的客厅里，我禁不住喉头哽咽，热泪盈眶。……无论我身处何地，无论我曾遭遇到怎样的辛酸、孤独和屈辱，只要一想起AUTOGRAPH，想到她静静地倚立在客厅的墙角，在等着我的归来，我的心里总有一个确凿无疑的声音在安慰我……

即使生产资料和个人的劳动力被一再剥削，并因为这种剥削而处于一种日常生活的困境，他依然试图通过对精神生活的坚持而保存自我，并通过这种方式把自我从失败中拯救出来。精神生活——在《隐身衣》里表现为对古典音乐发自内心的热情——成为一种重要的保护系统，主人公"我"似乎试图通过这个保护系统来驱除其现实的失败感。但问题是，主人公"我"在外部层面没有办法完成他的个人生活，他是否有可能在内部层面完成他的个人生活？《隐身衣》中的主人公"我"对古典音乐精通、敏感，而且他这种精通和敏感不是通过后天习得的，而是一种天性。他对音乐的热爱带有某种宗教式的热情，在最高潮的体验时，他可以不和外界发生任何关系。格非最近的创作持续关注这个问题，比如《春尽江南》里面的谭端午，他是一个对现实生活无能为力的诗人，最后，他的方法就是选择做一个无用的人，以无用为师，苟全生命于尘世。也就是说格非试图提供一种可能：即使我们外部的物质生活已经一败涂地、溃不成军，至少我们还可以通过保持内在精神生活的完整性来获得自我。

但是随着小说情节的缓慢展开，我们发现这种可能性越来越趋向于不可能。小说中有一个非常重要的情节，即，在各种努力均失败的情况下，男主角"我"不得不把自己最珍爱的AUTOGRAPH卖出去，以此来获得继续生活下去的保障。也就是说，我们的男主人公不得不通过不断地让渡自己的"内在"（精神层面）来获得"外在"（现实层面）生活下去的可能性。

由此我们是否可以得出一个小小的结论，作品中的男主角是一个既不能在外部完成其个人生活，也很有可能无法在其内部完成个人生活的人，在这个意义上，他没有办法成为一个完整意义上的现代个人。如果从文学史的角度来考察，我们会发现，80年代以来的整个当代写作有一个重要的主题，就是现代个人的生成和完成的问题。这种个人大概有这么几个类型,一是所谓的社会主义新人,如乔光朴、李向南,在他们身上,既有19世纪浪漫主义的大写的个人形象,也有"十七年文学"中高度政治化的个人的影子。他们代表了一种过渡,即通过浪漫主义的激情召唤出一个无害同时也富有政治实感的现代个体,在我看来,他们其实很有可能成为约翰·克利斯朵夫式的新人。但非常可惜的是,这种可能性在1985年左右被终结了。另外一类是"存在主义式"的个人,其中最典型的有《新星》中的林虹和《波动》中的肖凌,在最开始,这一类人是作为"社会主义新人"的对比形象而出现的,但是在1985年的"现代派文学"和"先锋文学"的书写中,这一类人逐渐发展为主流形象,其特点是通过对历史和社会的无限质疑而获得自我的存在感,带有鲜明的20世纪现代派的美学特征。但是让人诧异的是,即使这样一种个人,似乎也没有得到完美的成长,对历史的质疑、对社会的拒绝姿态在90年代的语境出现了让人惊诧的一幕——以安妮宝贝(同时包括卫慧、棉棉等)的书写为代表的、矫情而虚伪的"伪小资"形象被媒体无限地放大和复制,成为90年代以来最流行的关于"人"的主要想象机制。如果说上述的三种形象——社会主义新人、存在主义式的个人、"伪小资"形象,构成了80年代以来文学书写的主要人物谱系,那么,《隐身衣》中的这个男主人公大概会在这个谱系的什么位置?从以上的分析可以看出,《隐身衣》中的"我"不属于这三种人物形象中的任何一种,但同时又带有三种人物的一些特征。从作品中对"我"的历史溯源来看,他出身工人家庭,与乔光朴等有血缘关系;在另一个层面上,他面对社会的那种无力感和自我放逐的欲望又带有存在主义的特点;他的生活目标,从某种意义上看,是指向安妮宝贝式的"伪小资"形象的,也就是说,如果历史不发生太多的变化,固定的收入、小众的手艺、稳定的家庭以及对音乐的热情完全可以支撑其一个典型的21世纪的"伪小资"个体。但是正如作品所描述的,历史发生了变化,现实开始急剧地偏离"我"的想象和规划,他失败了,他没有办法完成一个"伪小资之梦",他变成了"四不像",无法归类,但同时挑战了当代写作关于"个人"的想象。

二

《隐身衣》中的另外一个人物有一个很好听的名字——丁采臣。欧阳江河在《格非〈隐身衣〉里的对位法则》一文中说丁采臣可能是格非对当代文学人物谱系的一个贡献。这个说法值得讨论。但毫无疑问，相对于没有名字的主人公，丁采臣显然是一个更有意思的人物，虽然他在作品中并不占据主要的篇幅。

直到小说叙述了三分之二，丁采臣才开始出现，他的出现带有神秘感。他首先是作为一种"故事"出现的，即有一种关于他的叙述。这种叙述看起来似乎很突然，但是正是这种突然性产生了陌生的效果。丁采臣这个名字也值得琢磨，它与90年代流行的香港电影《倩女幽魂》中的男主角"宁采臣"只有一字之差，据格非的说法，这个名字确实来源于这部电影，如果要从人物谱系的角度来分析这两者的联系似乎非常牵强，作者的灵机一动似乎也很难进行逻辑分析。但是如果细细考究起来，就会发现这两者之间有某种暗合的"气氛"。《倩女幽魂》的背景是典型的"乱世"，其中有一句很经典的台词"人生不逢时，还不如做鬼"。这种"乱世"的背景其实也是小说《隐身衣》的一个潜在布景，小说中有一个令人印象深刻的细节，丁采臣和"我"一起在一个小餐厅吃饭，当丁采臣抽烟被小服务员再三阻止的时候：

"可是先生，不好意思，按规定，公共场合是不准吸烟的，希望您能配合。不好意思，如果您实在想抽的话……"

胖姑娘没能把话说完。因为丁采臣已经从椅背上风衣的口袋里，摸出一个黑笃笃的东西来，轻轻地把它放在桌子上。

那是一把手枪。

丁采臣那种瘦削而灰暗的脸，陡然间也变得狰狞起来。我知道"狰狞"这个词，用得有些不太恰当，因为，突然浮现在他脸上的那片阴云，分明是一种不加掩饰并且在瞬间被放大了的痛苦，这种表情之所以令人胆寒，是因为我已经明显地感觉到，这个看上去显得病弱的人，眼看就要失控了。

这个细节给"我"的直接感受是:"虽然那把枪就在我的眼皮底下,我还是有点不敢相信这件事的真实性。"如果非要从真实性的角度来看,这个细节确实显得有些夸张。因为一个小餐厅的服务员不让抽烟,就掏出严禁私人拥有的管制武器手枪,这怎么都不符合丁采臣的身份。他显然是从事某种黑暗"事业"的能手,但按照常理这种人是不会轻易暴露自己的。但是就这个细节来说,他似乎有些迫不及待地要表露自己的恐怖力量。为什么会出现这种情况?

还是回到小说的叙述中来找答案。我们同样应该注意到,小说中的"我"对这个细节有一段非常冷静理智的分析,这种冷静甚至到了"斟字酌句"的地步——他觉得"狰狞"不太恰当,而应该是"痛苦"——是源自丁采臣自身的痛苦过于强烈。我们如果像小说中的"我"那样相信这种痛苦,同时也相信这种痛苦的"强度",那么,一切就是可信的,这种"可信"不在于细节的可信,或者说,细节在这里只是一个放大的"症候",通过这一症候,我们感受到的是小说中那种呼之欲出而又不停被压抑的黑暗和恐怖的氛围。而这一点,也许就是古代的宁采臣和现代的丁采臣之间的一个关联点,至少在这个关联点上,黑暗和恐怖成为一种超越时空的超能量。丁采臣也许正是在这种力量的压迫之下,才变得这么神经质、这般歇斯底里。

小说叙述到丁采臣的部分,风格为之一变,如果说在此之前小说还基本上在日常写实的层面进行,那么,至此,日常生活被"故事"推远,甚至被推到视野之外,这种推远,是通过某种"旅行"来完成的:

> 丁采臣的家,住在一个名叫"盘龙谷"的地方。它位于平谷和天津的交界处,实际上已属于蓟县的地盘。我开车沿着阜石路,上西五环,然后经北五环转机场高速,在第三航站楼附近,盘上京平高速……差不多一个半小时后,我开始进入一条不长的隧道。……开始拐向人烟稀少的山间小道。……在一个人迹罕至的三岔路口……我们沿着起伏的山路往东,又开了十多分钟,在一处高尔夫球场附近,楚进了一个幽僻的盘山小道。

无限神秘的丁采臣现在就站在小道的尽头等候我们的主人公,"我"在旅行中越来越加深了对于环境和人物的不适应感,而这种不适应感,恰好就在于这种空间的区隔。对于"我"来说,这次旅行其实是非常短暂的,但是这种短暂产生了让人晕眩般的持久感,"我"在旅行中不断地有所发现,旅行的路线变得陌生,连景色也变得多姿起来:

秋天正在结束。山上的火炬树、元宝枫、黄栌、水杉之类,在寒霜中全都红透了。整个山峦铺锦堆绣,但它所呈现出来的色调,却并非单纯的红,而是一派夹杂着深紫、明黄和棕褐色的斑斓和驳杂。……北京郊外,居然还有这么美的地方!

但是这么美的地方并没有在"我"的心中唤起美感,相反,却是另外一种情绪:

除了惊叹之外,多少也会有一种无缘侧身其中的怅惘和愤懑。你不得不佩服有钱人灵敏的嗅觉,他们总是有办法在工业污染和垃圾围城的都市周边,找出一些风光秀美的残山剩水,并迅速将它据为己有。

在"我"的观看中,风景的"美感"被置换为现世的"价值"交换,而在对有钱人的埋怨中,明显潜藏着对于这种现实的经济秩序的不满。虽然他对现实不满,却无法从意识的高度进行分析,并不得不服膺于这种秩序。当离丁采臣、离交换的场所越来越近的时候,绚丽的风景渐渐被人造物的阴森恐怖所替换:

这幢别墅给我的第一印象,是它非同一般的私密性。……外面的行人不可能窥探到室内的动静。可对于主人来说,不管你透过哪扇窗户朝外看,不远处苍茫的山林秋色,都仿佛近在咫尺。

这无限幽僻的路径，路径延长线上的荒凉郊区，在此突然出现的凌乱的建筑物，然后是隐藏在这些建筑物中的一幢可以窥视一切却可以逃避别人窥视的别墅……小说的"哥特气质"至此完全展露出来，在这个别墅里面出现的丁采臣也因此被烘托得如同一个黑暗中的潜伏者。他的住所、他住所周围的环境、他的歇斯底里，仿佛都成为他隐身衣的一部分，把他真实的一面牢牢地遮掩起来。丁采臣出现了：

> 一个四十出头的中年人。个子不高，有点瘦，看上去一副病恹恹的样子……窄窄的脸，络腮胡子，但并不显眼，眼睛很小，也很圆，在茶色的镜片后面挨得很近……甚至，他偶尔一笑，还略微带着一种矜持的羞涩。

但这显然只是一种表象，真正的丁采臣一直隐而不见，他隐藏在一切可以藏身的地方，回避着光明和可见的那一部分，只有在拔出手枪威胁服务员的一刹那，他的冰山一角才一闪而过。他藏身于恐怖之中并不自知，而我们的主角——那个破产的"我"同样对此一无所知，他甚至爱上了这种恐怖，并以同一个毁容女人结婚的情节加剧了故事的"哥特气质"[①]。

因此，丁采臣是故事中的故事，正如老弗莱所言，所有的现实主义在本质上都是传奇。[②] 我们也许可以反过来说，所有的传奇在本质上都是现实主义。或者按照卡特的说法，唯有故事——超越日常生活的故事，才会

[①] 格非说他的小说有一点"哥特小说"的意味，欧阳江河在《格非〈隐身衣〉里的对位法则》中也谈到《隐身衣》有"哥特小说"的元素在里面。"哥特小说"的一个重要主题是表现人类的恐怖、疯狂、因为激情而产生的畸形爱欲。如果把经典的"哥特小说"作为参照系的话，我认为《隐身衣》不仅仅是"哥特小说"，而且是一部"反哥特小说"，格非在借用"哥特小说"元素的同时，实际上拆解了"哥特小说"重要的元素。格非的《隐身衣》里面不是由激情导致的恐怖和爱欲，恰恰相反，是激情的溃散和消失，是一群没有创造力和想象力的人在制造贫瘠的恐怖。

[②]〔加〕诺思洛普·弗莱：《世俗的经典：传奇故事结构研究》，孟祥春译，上海人民出版社2010年版，第41页。

使我们感受到道德上的不安①，因为正是通过故事，我们才能刺穿日常生活的表象，意识到恐怖和毁灭的力量与我们同在。

<h2 style="text-align:center">三</h2>

再回到我们的无名主人公"我"身上来。无名的"我"和有名的丁采臣之间构成了什么关系？这种关系在小说中意味着什么？

回过头去想想"我"和丁采臣的相遇相识，实际上起源于极其简单的理由，那就是基于实际利益的交换关系。这种交换关系并不带有强迫的性质，实际上，根据小说的叙述我们知道，是"我"主动选择了联系丁采臣开始进行音响交易的。在这个意义上，我们是否可以说，丁采臣是一个被召唤出来的对象，通过这个对象交换得以实现，而交换实现的目的，是"我"的现实性难题的解决。但非常明显的是，小说一再暗示了这种交换关系的复杂性。当丁采臣被召唤出来以后，"我"渐渐意识到，事情并不是按照"我"的想象来展开的，也就是说，交换关系一旦开始，立即自动成为一种结构，这个结构，现在反过来制约甚至控制了交换的双方。不仅交换的性质变得不可控起来，连交换的内容也变得复杂、含混起来。当"我"开车驶入郊区，在荒郊中发现了从没见过的风景时，这种交换暗示了一种空间的分割，交换首先是在不同的空间之中进行的，空间规定了交换背后是不同的权力和资本的运作，在这个运作中，"我"进入了丁采臣的空间，并在最后娶了那个空间中一个身体遭到毁灭的人。第二重交换由此展开，也就是身体的交换，丁采臣跳楼死亡（也许是一个编造的谎言？），而"我"则和那个毁容女子结婚生子，代替丁采臣完成了某种性的功能。一个事实是，"我"其实是现实婚姻的失败者，"我"的妻子背叛了家庭和爱情，但是，通过与丁采臣的交换，"我"重新获得了婚姻和爱情，这种婚姻和爱情看起来不可思议，但又比真实的更加让人向往。交换在这里暂时拯救了"我"的失败。在第三重意义上，是丁采臣

---

① 〔英〕安吉拉·卡特：《烟火》，严韵译，南京大学出版社2011年版，第155页。

的死亡和交换的关系，丁采臣的死亡是一开始就预定的，他一出场即暗示了他是一个亡魂，他所具有的功能性作用就是让交换关系得以进行下去，这种交换最后以一种极端的方式出现：丁采臣死后的某一天，他欠"我"的那部分钱一分不少地汇到了"我"的账户上——死亡并不能终结交换关系。在这个意义上，虽然交换是被召唤出来的，但它依然成为主体，而"我"和丁采臣不过是它的对象而已。这种主客体的颠倒恰好是资本逻辑在全球化语境中最精彩的隐喻。

想象一下主人公"我"起程去开启这个交换魔方时的心情：在忐忑中带着憧憬、在失意中潜伏着希望，他肯定没有预料到将要展现在他面前的一切。但是当交换以不可逆转的方式成为一种控制的自动程序时，他选择的只是随波逐流，他通过他的眼睛观察这交易的行程，并一一呈现其内部的冷漠和残酷。在"我"的故事没有与丁采臣的故事相遇之前，日常生活就像卡尔维诺所谓的"玻璃罩子"——它同时也是真实有效的隐身衣——它让我们看不到内里的真实。而当"我"一步步深入，并以故事来交换故事的时候，我们发现，隐身衣不见了，隐身衣在交换中慢慢褪去，在这个过程中，"我"完成了一个表面的"找寻"故事和一个内在的"成长"故事。表面上的"找寻"故事是指，"我"以失去开始——失去爱情、亲情、友情和居所，但以得到而终结——得到爱情、亲情和居所，甚至得到了子嗣。内在的"成长"故事建基于这个"找寻"的故事，"我"通过加入这个不朽的交换关系中，变成了"交换"这个永恒秩序中的一枚棋子，这个成长是不可逆的，最后的二十万元自天而降，意味着交换关系永不会终结，而"我"必须为这个交换关系随时待命，成为一个具有"商品价值"的人。"成长"的故事在这个意义上击败了"找寻"的故事，或者说"成长故事"再一次证明了"得而复失"不过是一场表面的"隐身衣"，资本显示了不可逆的运作模式，没有人能破解并最终逃离这个程序，这和《黑客帝国》里尼奥的遭遇相似：他一路拼搏到最后，却被告知他不过是整个程序设计中的一部分，为的是试验大程序的防御功能。

2012 年 7 月 24 日
2012 年 11 月 10 日再改

每一个生命皆可成册
——评李佩甫的《生命册》

我知道李佩甫这个作家,是因了十多年前读过的《羊的门》。那个时候,我还是一个初级读者,没有接受过多少小说阅读的训练,对一本书的判断还停留在"好看还是不好看"的基本判断中。现在想起来,我那时是将《羊的门》作为"传奇"来读的,并没有觉得有所谓的"现实批判的东西"。后来因为专业的要求,学了一些文学理论,批判、主义之类的词语也运用得颇为娴熟,但每每回想起当年阅读《羊的门》的感觉,感受最深的还是那些传奇的故事和传奇的人生,虽然按照现实主义的标准,这些并不显得多么典型和真实。而且特别有意思的是,90年代末出版的很多小说,大都装帧设计粗糙,我读的那本《羊的门》,也可能是辗转了多人之手更显破旧,甚至可能是某友人从地摊上买来的盗版,所以我对李佩甫的最初印象竟然是"地摊作家"。当然这也没有关系,因为我后来学习文学史才知道,赵树理是自诩为地摊作家的,并一直朝这个方向努力。

后来,我当然对李佩甫的其人其作有了更知识化的了解,但人的感受是很奇怪的东西,一看到李佩甫三个字,我每每想起的还是那封面粗糙并多有印刷错讹的《羊的门》,甚或,我在没有仔细看过李佩甫的照片之前,一直觉得他就应该像呼天成这样的人物。他是吗?小说家总是会在其人物身上投射自己的影子,全部或者一部分。只不过高明的小说家会以持续的写作来证明,他不仅仅是他笔下塑造的某一个人物,他是更多的人,对于李佩甫来说,他不仅仅是呼天成,还是梁五正、骆驼和吴志鹏。

《生命册》彻底改变了我对李佩甫的印象。相对《羊的门》来说,这部作品更大气、开阔,更加元气充沛。我在茅盾文学奖结束后的采访中曾经用一句话来概括《生命册》:垂问大地,俯瞰生灵,是城乡主题的集大成之作。我们知道,中国现代文学的一个基本母题就是"城乡书写"问题,从鲁迅最早提出的"侨寓文学",到1930年代老舍、沈从文的创作,都是城乡母题在文学书写上的不同变奏。这一母题暗合了中国现代史的基本问题,即,在现代化的历史进程中,中国人不仅建构着现代,同时也被现代所建构。"人"与"现代性"之间的这种复杂关系在现代书写中构成了著名的写作模式:对乡土文明的乡愁式的怀念和对城市文明病的憎恶、批判。这一写作模式一度延续到了80年代,"最后的事物"成为其时小说书写的具有症候性的内容之一。李佩甫的《生命册》可以放在这一文学史的谱系中来予以观照,一方面,他几乎天然继承了城乡二元的结构模式,通过这一模式展示了近五十年中国的城乡发展史。《生命册》开篇几乎就是对这一结构最直接的陈述:"我是一粒种子。我把自己移栽进了城市。"似乎还嫌不够,李佩甫又强调了一遍:"有时候,我又觉得我是一个楔子。强行嵌进城市里的一只柳木楔子。"种子和楔子这种比喻会强化"城乡"的二元对立,它很容易让我们读到类似于于连或者高加林式的悲愤:一个低阶层的人如何通过个人努力在一个高阶层的空间里获得合法位置,并活得像模像样。但《生命册》却不是这样一种线性的现代叙事,它拥有更复杂的层面,李佩甫以动态的而非静态的方式去展示中国的城乡经验,不仅城市不值得信任,乡村同样不值得信任;不仅城市无法让人安身立命,乡村同样无法让人安身立命。这是李佩甫对这一现代母题的拓展,如果说沈从文展示的是单向度的异化,那么李佩甫展示的则是双向度的异化:城市的异化和乡村的异化。总体来说就是,整个现代的异化。这是作为乡村之子的李佩甫从一开始就意识到的残酷:在《羊的门》中,呼天成这个古老的农村人一开始就是黑暗秩序的缔造者,现代没有让他更加文明和理性,相反,让他更加阴暗和厚黑。这是对德先生和赛先生的嘲讽吗?至少,这是对柳青《创业史》中的新农民形象的反写。

《生命册》的另外一个贡献是塑造了一大批鲜活的人物。李佩甫说:每个人皆走向他的反面。他以这句话来阐释他笔下人物的命运。这既是小说家的创作理念,同时也是小说发展的内在逻辑——故事的情节逻辑和人物的命运逻辑。《生命册》中的主要人物莫不如此：老姑父、梁五正、杜秋月、梅村、骆驼。正是在正反面之中，性格的矛盾变化构成了人性的复杂。李佩甫在这些人物身上倾注了全部的热情和心血，我甚至觉得，如果放弃一种总体叙述的城乡视野，单单就是将这些人物写出来，也会是李佩甫一个极大的贡献，毕竟，自 80 年代以来，当代小说已经很难为我们提供栩栩如生的人物形象了。不过需要稍微提醒的是，人物仅仅走向反面是不够的——这种写法毫无疑问建立在社会批判的想象之中，因为正是社会某方面的不合理导致了人物的异化。对小说家来说，更重要的还需要另外一个面向——人物应该走向他们的内面，这是更重要的尺度和原则，仅仅走向反面，人可能还是社会结构的衍生品，他们被社会所塑造却并没有意识到这种塑造，只有当走向反面的人意识到了社会的异化和结构的非理性之后，他才可能继续走向内面。

不仅有正面，反面，还有内面；不仅有真相、色相，还有众生相。或许，这样的"生命"才能被书写成册。

杨庆祥

无"解"之"解"
——《六个字母的解法》的多重叙事

纳博科夫的"奈斯毕特"让刘禾着迷，刘禾对"奈斯毕特"融合了考据学和刑侦学的"解法"更让我着迷。一贯以学者严谨面目出现的刘禾出此奇招究竟想干什么？虽然她在后记里面说："也许只有这种开放式的写作才能让我充分地、自由地讲述一个别人没有讲过的故事，而这个故事既和现代知识分子的心路历程有关，也和我对二十世纪蹉跎岁月的整体思考有关，其中包含着许多内心的困惑和纠结。"但这种作家的自述显然不能回答全部问题，这也是刘禾一再提醒我们的——当文本生成，它已经滑出了作家的"意图"，开始主动地生产意义。作为一种暂时还难以归类的文体试验作品，《六个字母的解法》[1]显然包含了太多复杂的指向，它既是虚构与非虚构的融合，又是故事与小说的合一，它既指向遥远的历史的回声，又在这回声中倾听到当下的杂音。刘禾和她的叙述者在纳博科夫的文本中漂流，最终找到的却是一个个历史的幽灵——其中也包括那个目光执着的"自我"……这种种的指向结构为一个独特的文本，并形成意义的"歧途"。

"头顶着发现者的巨星"[2]，刘禾追随纳博科夫的脚步，而我，追随着六个字母的多重叙事。

---

[1] 刘禾：《六个字母的解法》，香港牛津大学出版社2013年版。

[2] 〔德〕保罗·策兰：《埃德加·热内与梦中之梦》，见《保罗·策兰诗文选》，王家新、芮虎译，河北教育出版社2002年版。

一、跨文体叙事

《六个字母的解法》这本书的结构主线，是考证纳博科夫小说中一个叫'奈斯毕特'（NESBIT）的人物原型……不过作者的惊人之处，是放弃论文体，换上散文体；淡化学科性，强化现场感；隐藏了大量概念与逻辑，释放出情节悬念、人物形象、生活氛围、物质细节……一种侦探小说的戏仿体就这样横空杀出，冠以《幽影剑桥》或《魂迹英伦》的书名都似无不可。[①]考证人物的原型，原是文学史研究中常见的研究方法，比如日本的现代文学研究专家竹内实就有一篇《阿金考》[②]，考证鲁迅作品中一个普通女性阿金的身份，这一研究方式在中国古典文学中被称为"本事"。正如韩少功所言，这类研究常用的方法无非是文本细读和资料归整，脱不了考据辨识的窠臼。正是在这一点上，韩少功发现了刘禾在文体上的独特性——"将思想理论写成侦探小说"。作为一个文体家，韩少功可谓敏锐。但侦探小说或者侦探小说的戏仿体这样的命名还不能完全凸显《六个字母的解法》在文体上的实验性，或者说，这个命名仅仅是看到了《六个字母的解法》作为故事的一个层面。就我的阅读感受来说，很奇怪的是，我虽然不停地受到"奈斯毕特是谁"这个疑问的驱使，去阅读整部作品，但我几乎是从一开始就意识到这个问题将不会有一个具体的、可靠的答案。作为一个读者，对"侦探小说"习惯性的"水落石出"的线性阅读在这里被悄悄置换为寻求一个"思想过程"的多维阅读。也就是说，我们不是为一个叙述结果所牵引，而是为这个叙述过程所牵引，这正是《六个字母的解法》在叙述上极具创造力的一个尝试，叙述行为不是为了强化一个线性的目的论式的结果（后果），而是在其叙述过程中塑造其自身，将叙述行为本身叙述为一个"故事"。因此，徐志摩在剑桥是否与纳博科夫相

[①] 韩少功：《〈六个字母的解法〉序言》，见刘禾：《六个字母的解法》，香港牛津大学出版社2013年版。

[②] 〔日〕竹内实：《阿金考》，见竹内实：《中国现代文学评说》，程麻译，中国文联出版社2002年版。

遇（这是一个侦探小说乃至通俗文学需要解决的问题）并不重要，重要的是徐志摩在剑桥生活的那些饶有趣味的细节——他并不住在剑桥，而是租住在离剑桥足足六英里之外的沙士顿，去一次剑桥都非常不容易；他几乎没有参加过剑桥最有特色的学生活动和沙龙；他对伍尔夫的态度前倨而后恭；他投稿《语丝》却遭到鲁迅尖刻的嘲笑——这些细节看起来像是"闲笔"，但在我看来这些"闲笔"是高度自觉的叙述元素，构成了《六个字母的解法》最富有质地和温度感的部分。这些细节如此之多，最终化解了"思想史"研究冰冷的学理逻辑，取而代之的是富有人情味的"故事"逻辑。在这个逻辑里面，虚构和非虚构非常自然地融合在了一起，非虚构指的是，文本所有使用的材料都是"可考"的，经得起最严苛的考据学分析；虚构指的是，研究者变成了一个作家，她以一种虚构的方式（讲故事的方式）来重新装置这一切原材料，并出色地完成了叙述。在这个地方，身份的转换成了一个至关重要的问题。出于某种约定俗成的原因，我们几乎天然指认文本中的叙述者"我"就是那个现实中的哥伦比亚大学比较文学系的著名教授刘禾，却忽视了在文本之中，她可能已经"变身"了——即使她没有完全变成一个陌生的叙述者，至少她也是一个化了装、易过容的叙述者——在某些时刻，她仅仅是一个讲故事的人，只要将那些历史人物见不得人的事情八卦出来即可（此时她多么像一个小说家）；而在另外一些时刻，她又是一个精神高度紧张的思想者，思考着20世纪文化史中最重要的历史命题；还有一些时刻，她不过是一个好奇的女读者，对于她钟情的纳博科夫，像迷恋一只蝴蝶一样着迷。这是刘禾的分身术，她移形换位，魅影重重，由此文本被充分地展开，它完全没有局限于"侦探小说"，而是一个跨文体的叙事：在史料的层面，这是一个文学研究（同时兼及思想史和文化史）的文本；在故事层面，这是一个追踪"奈斯毕特"这个人物原型的侦探文本；在非虚构叙事的层面，这是一个探究20世纪知识分子心灵史的思想著作。这三层叙事相互缠绕、互相呼应，构成了《六个字母的解法》多重的"可写性"空间。

二、"奈斯毕特"是谁？

"奈斯毕特"是谁？无论如何，这是《六个字母的解法》叙述的一个基本推动力。但在某种意义上，他不过是刘禾的一个道具。这个"道具"最基础的部分由"拆字法"构成，"文本分析的方法之一，是拆字法。这个游戏的迷人之处在于它的解码潜力，如果通晓并能够运用这个潜力，它往往会帮助你找到一条通往真相的小径"[①]。但有意思的是，在《六个字母的解法》中，"拆字法"却不仅仅是通向"真相"的途径，它同时也是通向一个个"假象"的隐秘魔咒。它甚至不仅仅是一个"工具"，而且是一个具有召唤能力的符码——多么像那些古老宗教的不可识别的神秘字符——它通过叙述者将众多的人物——召集起来：真相其实并不重要，重要的是"奈斯毕特"是每个人物的一部分，他可能是保守党政客巴特勒，他可能是大科学史家李约瑟、贝尔纳，他也许是戏剧家普利斯特利……

这正是刘禾通过"六个字母"要变出来的"大戏法"。NESBIT——六个字母因为其抽象性和不确定性从而可以像漩涡一样将1919年那个特殊的历史时段重新聚集起来。1919年10月1日，纳博科夫正式注册为剑桥大学三一学院的学生，这一年他正好二十岁。他流亡、写作的岁月和整个20世纪捆绑在一起，同时捆绑在一起的，还有为数众多的知识分子，包括贝尔纳、李约瑟、沃丁顿、布莱克特、里尔克、普利斯特利、奥威尔、艾略特、海耶克，同时也有中国的徐志摩、萧乾等等。这简直就是一部20世纪知识分子的简史，现在，他们因为刘禾的六个字母而聚集在一起，他们摆脱了在教科书中正襟危坐的形象，而呈现出在一个动荡不安的历史时期心灵和精神的困惑。于是，有人向左，企图在列宁和社会主义那里寻找出路，也有人向右，在资产阶级的价值体系中寻找寄生之所，也有人，如纳博科夫，既有旧贵族的失落，又有流亡者的悲苦，他在政治的旋风中无所定向，最终只得以极其高明的写作来确认自我的存在感。

[①] 刘禾：《六个字母的解法》，香港牛津大学出版社2013年版，第190页。

刘禾凝视着这一切，在这些"世界公民"的身上，毫无疑问地纠缠着20世纪那些最重要的命题：如何面对资本主义的全球扩张？又如何理解革命的必要性和可能性？政治和美学是截然对立的吗？世界史在何种程度上可以"既是理性的又是人性的"？毫无疑问，没有任何一个问题可以脱离20世纪这个大的具体的历史背景，也没有任何一个"个体"可以站立在历史之外思考这些问题。也许奥威尔很适合作为典型案例。这个在冷战时代被封为"经典"的作家有其不为人知的一面——他居然是英国谍报部门IRD的亲密"战友"，曾向该部门提交多达一百三十五人的"黑名单"，几乎当时欧美所有具有左倾倾向的知识分子都赫然在列；而更有意思的是，他赖以获得世界声誉的作品《动物庄园》其实是一部很拙劣的作品，以至于当时无论"左右"的批评家（艾略特、燕卜荪等）都严词批评。但因为它的主题适合冷战的需要，于是英国谍报部门不惜全力动用国家资源进行全面推广，于是"一部失败的小说摇身一变，一下子成了西方世界的伟大经典"。嘲讽奥威尔当然不是刘禾的目的，她的目的仅仅是要揭穿历史的黑箱，将原本的背景展示出来，于是，普遍的真理就被湮灭在具体的历史局势之中，在这个局势中，谁都不能置身事外。想想我们今天的很多作家，动辄拿那些"经典"来作为写作的资源，却罔顾那些"经典"所赖以产生的历史语境以及背后所涉的意识和阶级的斗争，怎么可能深刻地认识历史和当下——在2013年，中国的很多作家还在微信中频频转发奥威尔的《1984》和《动物庄园》，以此来证明自己的"政治正确"。——不突破这些自命真理的认知框架，又怎么可能创造出属于自己时代的经典？

"不能置身事外"，这就是作为一个"历史人"的真实境遇。在这个意义上，"奈斯毕特"是谁其实一点都不重要了，最重要的是，他是具体的、有血有肉的、参与了时代精神搏斗的"历史人"。在这个意义上，刘禾对这些20世纪知识分子的书写，带有冷静的历史唯物主义和辩证法。

三、同时代的凝视

霍布斯鲍姆在其"年代系列"中将1914—1994年这一历史时段命名为"极端的年代"，而在该著作的前言中他特别说明："我不是以一个学者的眼光而是以一个同时代人的眼光在观察公共事务,从而形成了自己的见解和看法。"①这种"同时代人的眼光"使得霍布斯鲍姆在观察这一"掐头去尾的二十世纪"的时候具有一种别样的历史感。这种历史感在刘禾的《六个字母的解法》里面同样能找到,而且因为文体方式的变化,而变得更加生动有趣。刘禾当然不是20世纪的同时代人,但是谁又能说20世纪就已经完全过去了呢?不错,物理意义上的20世纪已经过去了,但精神意义上的呢?柄谷行人在《历史与反复》中提醒我们,历史有一种重复的结构,所谓历史的反复并非意味着相同事件的重复。能够反复的并非事件(内容),而是形式(结构)。②站在21世纪的门槛上,我们会发现,20世纪的精神遗产其实还堆积在那里,我们甚至都来不及完全消化。《六个字母的解法》的复杂性正在于此,刘禾在她的叙述中兼具两种"眼光"——请读者注意这个细节,在《六个字母的解法》中,叙述者经常性的动作就是凝视、眺望等等——一种是历史的反刍者,在这里,她与档案、资料和古老的孤立的图书馆、博物馆为伍;而另一种则是当下的观察者,在此,她穿梭在一个个具体的时空,发现在瑞士的英特拉肯小城里也有那种遍布全球的廉价中餐外卖店。在她的历史检索中,是纳博科夫、李约瑟这样的写作者和思考者,而在她的当下观察中,却是一些以汉语为母语的写作者:北岛、韩少功、欧阳江河等等。"北岛瘦削的面容增添了一层忧郁的阴影,在众人期待的目光下,他走到麦克风之前,平静地说,最近写了一首新诗,叫做《乡音》……我当时的印象是,这首诗的意象准确得让人心悸,隔了多年以后再读,依旧如此。一个人独自对着镜子说中文,这近乎疯狂的举动,比任何一种修辞都能够传达流亡者的心境。"③"波兰卡不禁让我想到另一个文学人物,那就是韩少功笔下的盐早。我读《马桥词典》的时候,印象最深的就是盐早,与其说是这个人物本身,不如说是农民盐早与叙述人'我'之间的那种无形的、但无法穿越的心理屏障。……

---

① 〔英〕霍布斯鲍姆:《极端的年代》,郑明萱译,江苏人民出版社2010年版,第1页。
② 〔日〕柄谷行人:《历史与反复》,王成译,中央编译出版社2011年版,第4页。
③ 刘禾:《六个字母的解法》,香港牛津大学出版社2013年版,第29—30页。

我恍惚看到了鲁迅的身影。"① 从纳博科夫到北岛，从波兰卡到盐早，到鲁迅、韩少功，历史既是同构的，又是反复的。在此，中国、汉语与20世纪、欧洲、美国等密切地关联在一起。纳博科夫作为刘禾写作的起源，在此具有更复杂的隐喻，他是一个流亡者，同时也是一个在母语之外的写作者，而刘禾却调转头来，"用母语写作和思考"，并试图在一个后理论时代通过一种新颖的文体重新思考"这个纷纷乱乱、假象丛生、怪诞不义的世界"。

不仅要思考讲什么，还要思考怎么讲，将对历史和现实的理解以最合适的形式讲述出来，这是刘禾的双重选择，同时也是双重挑战。不仅是挑战自我认识限阈，更是挑战时代的精神困境：在一个知识和观念过剩的时代，面对如此复杂的世界，知识分子还能做什么？《六个字母的解法》没有给我们明确的答案，因为答案就藏在写作和实践的行为中——不能在世界之外理解世界，同样也不能在中国之外理解中国。如果说历史的反复和结构是"公理"，那么，当下就是某种"时势"，20世纪的知识分子（不管是欧美的还是中国的）和当下21世纪的知识分子面临的是同样的命题，那就是如何让"个体精神"与时代精神互动，如何在"公理"和"时势"间辩证，最后"在独特的情境和行为中展现普遍的精神"，并重新获得那最具有创造性的"巧夺天工的片刻"。②

结语：无"解"之"解"

这一过程无比艰难，正如寻找那个幽灵一样的"奈斯毕特"一样。"在此之前，世界上发生了那么多的事，活过那么多的人，而在我的身后呢？一百年以后呢？一千年以后呢？……这一类的胡思乱想经常干扰我的思绪，加之几次寻找的线索，都化作捕风捉影的努力，我不止一次想到放

---

① 刘禾：《六个字母的解法》，香港牛津大学出版社2013年版，第96—97页。
② 汪晖：《公理、时势与越界的知识——在帕西欧利奖（2013 Luca Pacioli Prize）颁奖仪式上的演讲》，《中华读书报》2013年10月23日。

弃。"①

  但不能放弃,即使最后叙述者——同时也是探求者或鲁迅笔下的过客——站在空空的广场上,这个过程依然没有结束。著名的亚历山大大帝可以毫不犹豫地斩断那纠结不清的历史的绳索,但那仅仅是传说而已。作为一个历史人,一个不能置身事外的人,我们唯一能做的,可能就是像刘禾那样,不断地"解"下去,虽然我们知道,历史本身可能是"无解的"。

2014 年 6 月 18 日
2014 年 6 月 22 日再改

---

① 刘禾:《六个字母的解法》,香港牛津大学出版社 2013 年版,第 9 页。

读《装台》，说情义

一

百度词条里没有"装台"这个词，搜狗输入法里面也没有对应的词组。作为一门专业性的职业，装台这一行并不广为人知。

也难怪，平常看戏、看演出、看明星名角，很少有人会去看装台人。万丈高楼平地起，谁会关心那造楼的工匠、木匠、石匠姓甚名谁？

但偏有那么一个人，不去看烟火，不去听唱腔，他盯住了那一群招之即来挥之即去、吃苦下力、流血流汗的装台人。

这个叫陈彦的作家，写了一部叫《装台》的书，台前幕后，戏里戏外，他把这一群人写活了。因为这本书，我们不仅熟悉了一个行业，更重要的是，我们记住了一群活色生香的人物，他们仿佛并不是生活在陈彦的书中，倒像是就生活在我们身边，正如李敬泽先生所言："它把在我的社会图景上无限遥远、几近于无的一个人，变成了我的一部分"；敬泽先生进一步说：这是当代小说很少能做到的事。

陈彦做到了。由此，《装台》就不仅仅是一本好看的小说，同时也注定会在文学史上留下痕迹。

这并不容易。

二

《装台》的好，不一而足。

比如方言，张口即来，全无做作。比起时下一些小说、电影里面生搬硬套的方言，显得本色自然。

再比如腔调，小说成功与否，大半在于作者是否找到了合适的腔调，叙事学上称之为声音，有作者的声音，有叙事者的声音，还有人物的声音。各种声音之间的喧哗互动，能做十天十夜的文章。好的小说家自然就会找到一种腔调，将各种声音融合互通、协调奏鸣，所谓的"嘈嘈切切错杂弹，大珠小珠落玉盘"大概是最形象的比喻。《装台》的腔调，就是陈彦基于小说人物的性格特征以及作者对于这些人物的爱憎褒贬而形成的一种小说声音，它既不是居高临下的知识分子腔，也不是哭天喊地的底层苦难腔。它从容不迫，不卑不亢，是在人世间行走、生活，沾满了烟火气息的腔调。

我更想说的是这个小说中的人物。顺子、菊花、刁大军、猴子、三皮、蔡素芬……80年代以来的小说，不会写人物，这也是所谓现代主义小说的通病。我曾在课堂上让学生列举当代小说的经典人物，一般到路遥的高加林和孙少平为止，后面就是一片面目模糊。原因很简单，看过了小说，但记不住人物。为什么记不住？刻画不深刻，细节不丰富，总之，人物没有立起来。而《装台》的好，就在于看一遍就记住了这些人物，把书丢在一边，那人物仿佛还在你面前晃动，有血有肉，有立体感。

且说刁顺子，两个细节就让我忘不了他，一个是在厕所数钱——这是一个多么卑微而具有生活实感的镜头——一不小心，一个一元钢镚掉到了便池里，立即找了两根细棍夹了夹，"贼它妈，还干脆夹得看不见了"。没有对刁顺子这个人物透彻的揣摩，写不出来这一句"贼它妈"！

另外一处还是与钱有关，送钱给大哥付浴资，本来身上带了两千五，大哥问，带了多少，回答"满共两千多一点"，"那就都放下吧"。顺子放了两千二，偷偷还给裤兜里留了三张。心里一千个不愿意，嘴上还假客气："要实在不够，我……我再去取点？"

小说中此类细节比比皆是，就不一一复述。细节之外，是分寸。这个分寸，是指对故事情节的控制度，不急不慢，恰到好处。书中有瞿团斗二名角的故事，瞿团唯一一次大发雷霆，命令两名角必须第二天上午十点半到舞台拍戏，否则翻脸不认人。小说写第二天一众人等都在舞台静候，瞿团端坐中央，十点半，人没到，十点四十，人还是没到，就在瞿团已经失去信心的时候，十点五十，人到了——而且两人因为怄气，不是从一个门进来的。这就是极佳的控制度，如果十点半就到了，缺乏紧张气氛，如果干脆就没到，情节不好收拾，迟到一会儿，而且不从同一个门进来，这就是一个优秀小说家具备高超的掌控力的体现。不急不缓，张弛适度。

还有写刁大军处，这刁大军本来是一江湖混混，他一登场，结局几乎就已经预定了——必然是原形败露，下场凄凉。但饶是如此，小说的戏份依然做得十足。本来写一破落户的落魄，却偏要先写他的前生后世，有情有义，最后死在兄弟怀抱中，读者估计也不能对其一言以蔽之。此所谓一波而三折，人物的复杂性也就由此而生。

三

《装台》里没有大人物，没有英雄豪杰，没有节妇烈女，甚至都没有一场吸引少男少女的罗曼蒂克的爱情。

顺子娶了三个老婆，而且在小说的结尾即将娶第四个。但是与《白鹿原》里面的白嘉轩娶了七个老婆的神秘传奇比，显得鄙陋卑微。

也是生活在西京，也懂逗鸟赏花读报，也能看棋赏文物，但与贾平凹《废都》的文化寓言相比，更显得平常。

顺子鄙陋卑微得甚至连一条狗都不如，书中最精彩的一处就是写顺子临时替演一条狗，结果因为入戏太深，反而演砸了。

他平常甚至都管不好一个家，小说的基本矛盾之一就是顺子与女儿菊花之间的家庭纠纷，而顺子最常见的一个动作就是给女儿跪下，哀求地哭起来。

这是一个活得像蚂蚁一样的人，他知道自己活得像蚂蚁，并且在蚂蚁身上找到了某种心灵的寄托。

他做了几场梦中梦，他演出了几场戏中戏，他装台，他拆台。

但他就是能感动所有的人,他感动了女人、男人、上级、下级、艺术家、演员。因为他遵循着人性最朴素的生存原则,并坚决持久地将其践行为人与人之间的情义——情义无价。

写这部小说和读这部小说的人于是有福了。

2016年1月31日

读徐小斌的短篇小说

年轻的男孩卷入了一场不愉快的三角恋,他爱上的美丽纯洁的女孩丽冬居然是自己姐夫的情人。而更让他伤心的真相是,丽冬不过是一个在夜店酒吧寻欢作乐的风尘女子。这是徐小斌短篇小说《蜂后》讲述的故事,仅仅是上述情节对于一个短篇来说已经足够复杂,但有意思的是,这一切才只是个引子,真正的故事要等到男孩在郊区碰到一个长相怪异的女人才开始。这个女人是一个养蜂者,"猛一看像一个非洲土著",更奇怪的是她的头发像一个蜂巢,里面居然养着一只可以通灵的奇大无比的蜜蜂……

《蜂后》是我近几年读到的极为诡异的短篇小说之一,如果非要做一个类比的话,似乎只有安吉拉·卡特的"烟火系列"才可与之媲美。但安吉拉·卡特以英国人的视角描写日本的经验,同时又融入土著者的神话,对于一个中国读者来说感觉其诡异情有可原。但是徐小斌以本土作家的身份书写当下的故事,居然也能营造出这种阅读的效果,让我觉得非常诧异。我不太清楚徐小斌的写作资源,但是至少在《蜂后》这篇短篇小说里,一种非常复杂的主题和类型被恰当地融合在了一起。对于那个男主角来说,这是一个成长型的故事,他在目睹纯洁背后所潜藏的污秽猥琐后获得了一种心理性的成长。如果从故事情节的曲折离奇来看——那个养蜂女居然是丽冬的养母,并在抚养丽冬的过程中对其造成了某种弗洛伊德式的童年阴影,最后,她又帮助丽冬来处理感情和生活中的危机——这是一个典型的好莱坞式的世俗传奇。而这种传奇,又寄生在当下非常现实的日常生活中,因此,传奇与现实构成了一种似是而非的现实感。但徐小斌显然不是一个世俗小说的热衷者，与中国大部分作品处理此类题材时候的局促逼仄相比，徐小斌的作品始终有一个超越的层面，这不仅表现在作品中的人物是奇怪的巫、妖、人的结合体，更表现在她的小说总是在最接近日常生活之时又突然腾空而起，高蹈虚步，进入另外一个境界。在《蜂后》中，随着养蜂女人的出现，小说明显指向一种类似于"哥特小说"的场景，阴郁的气氛和压抑的叙述烘托出一种只有在中世纪城堡中才出现的气息。而在小说的结尾，复仇以一种中国聊斋式的神秘方式得以实现，即使这种复仇遵循的并非现实的逻辑而是故事的逻辑——更严格来说，遵循的只是徐小斌个人智力的逻辑。从这个意义上说，读徐小斌的作品有一种智力和想象力得以释放的快感。

这种智力的操练最典型地表现在《图书馆》这篇小说中，这篇小说故事极其简单：一个老教授在图书馆看一本希伯来文的《死亡之书》，然后猝死，最后连同书籍一起火化。这个故事简单得几乎可以说没有故事，但毫无疑问，这并非重点，重点是徐小斌试图通过这种"去故事化"的方式为短篇小说局促的篇幅腾出叙述空间，利用这些空间在小说中填入一些看来不是那么"小说"的东西。在《图书馆》中，这些东西由以下一些片段组成：铅字、字母、数字、乐谱、子宫、魔咒等等。这些片段并不构成情节、冲突和结构，它们仅仅是一些零散的灵感突现，比如"1是站着的女人，2是跪着的女人，3是舞蹈着的女人，4是一条腿跷起来的女人，5是飞翔的女人"，比如"子宫是地狱的通道"等等。这种碎片化的叙述构成了一篇散文化十足的短篇小说，在这样的小说中寻找一切现代的主题是徒劳的，现实、历史和主体在这里都被思维的跳跃性所解构，这里呈现的仅仅是游戏式的表达，为了表达而表达，为了一种不受任何束缚的自由心灵的表达。我在阅读徐小斌晚近的一些作品的时候，总是不自觉地想起卡尔维诺。卡尔维诺有意识地摒弃现代写作的范式，把"轻"作为"未来写作"的首要命题。在卡尔维诺的很多作品中，故事和主题都让位于作者的奇思妙想，这些奇思妙想构成了小说一副轻巧的面具，在这一点上，不管是自觉还是不自觉，徐小斌的作品也隐隐透露出这种趋向。非常有意思的是，在徐小斌的很多作品中，其人物似乎都带有一种神秘性，或以奇怪的装束示人，或藏身于某个与世隔离的处所，即使不得不进入世俗生活，也总是带有一种幽灵的气息。在这种设置中，人物的精神层面代替了人物的世俗层面，或者说，人物的行动更多地服膺于自我心灵的准则而非世俗生活的原则。在我看来，这正是"轻"的重要含义——以精神性来超越物质性，以审美来超越世俗。在这一点上，徐小斌有些艺术家的气质。

如此并不是说徐小斌就放弃了对于历史和现实的关怀，恰好相反，无论是早期的《羽蛇》，还是后期的《敦煌遗梦》，历史和现实的"幽灵"就一直在徐小斌的作品中游荡，并构成一种背景式的存在。这一存在通过两个切近的主题反复出现：宗教的堕落和女性的自救。在短篇小说《蓝毗尼城》中，女人梦幻般地来到了传说中的蓝毗尼城，才发现这里已经被一群干瘪的木乃伊控制，它们违背宗教的信条，放纵罪恶的欲望。女人面临的抉择是，想活下去，就不能反抗这种罪恶，如果要坚持人性的良知和宗教的戒律，说出这些罪恶，则要面临恐怖的刑罚。这个女人选择了不妥协，她最后是否受到了惩罚并不重要，重要的是，这篇小说把上述两个主题结合到了一起。圣城的堕落暗示了一种后宗教时代的普遍现实，在《敦煌遗梦》中，这种堕落以更复杂的悬疑故事展示出来，面对这种现实，女性为了实现自身"清洁"的愿望，不得不做出自我的牺牲。徐小斌对现代女性面临的这种生存困境有着极其深刻的认识，她没有化装为某一类女权主义者做一些表演化的抵抗，而是直面这种困境。由此可以说，徐小斌的写作既是一种女性主义的，同时又是一种非女性主义的，女性主义是指她始终尊重自己的女性身份这一基本的物质事实，并将其转化为一种书写的视角，非女性主义则是指她没有拘囿于女性主义在现代语境中的庸俗政治指向，她意识到了并试图呈现一种复杂性。在《蓝毗尼城》中，那个陌生的拯救者（同时也是受害者）以一种折中的方式来化解这种困境：她从那些行尸走肉那里获得食物，同时在另一个荒凉之地洗净自己的身体，以此保持心灵的高洁，灵与肉在此以一种扭曲的方式结合在一起，这是一种多么温婉而又尖锐的妥协和牺牲，但事实是，正如徐小斌借文中女人之口所言——她如此生活了三千年！在《敦煌遗梦》中，女性的命运与更遥远神秘的历史勾连到了一起，在围绕佛像所展开的争夺和权谋之中，女性自身的丑陋和局限也被和盘托出。我想说徐小斌在某种意义上是一个残忍的书写者，她没有含情脉脉地去以简单的善恶来区分男性和女性，二元对立的思维在她的作品中很难看到。她忠实于自己深切的体验和感受，《敦煌遗梦》其实有一个更现实的背景，那就是所谓的知青经历。作为这一运动的亲历者，徐小斌没有陷入滥情的苦难叙述，实际上从80年代的写作开始，徐小斌就回避了那种简单的叙述、那种将自我经验未经艺术转化的"日记式的文学"。徐小斌的着眼点并不在于具体的历史，而是在具体的历史背后所呈现的普遍的历史意识和道德规范。对于真正的文学来说，具体的苦难都是浅薄而容易过去的，对象过于明确的反抗和讽刺也是不长久的，徐小斌也许意识到了这一点，也许并没有意识到。但不管如何，她感受到了普遍性。在短篇《古典悲剧》中，徐小斌将这种普遍性编织到一段宫廷斗争中，与《羽蛇》描写血缘关系密切的女性群体相比，《古典悲剧》中的女性基本上都没有血缘关系，她们经由某种偶然的命运而落入黑暗的陷阱，而这种偶然的命运，却正是这些女性普遍的、必然的、无法逃避的宿命。但是在这一宿命中，却有不屈服者的隐忍的反抗——顺儿，这一并非主角的女性为了拯救另外一位女性选择了死亡，通过这种自我牺牲，她完成了某种抵抗仪式："她像原谅母亲那样原谅世人大的堕落，她独自走向通向死亡的回廊，用只有十九岁的年轻身体去填补深渊中那个阴暗的缺口。"这是一则还没来得及展开的寓言，它的寓意是，面对无边又无望的阴暗，面对英雄（男性）的缺席，女性唯有通过自我牺牲来获得自我拯救。这种拯救的维度是多方面的，一个女性对另一个女性的拯救，一个女性对一段黑暗历史的拯救，一个女性对书写和讲述的无畏坚持。

即使在众多的小说中徐小斌都暗藏批判的锋芒，但让人惊讶的是，她始终有一种发自本性的隔绝能力，让她和那些过于残酷的历史存在保持必要的距离而不至于降格为一种悲情的叙述。事实是，即使在她最阴郁的小说里，也会出现大量如巴洛克风景画式的明丽色彩，这些色彩构成了她小说中最耀眼的一部分，带有绘画的质感和通灵性；在她那些巫妖一体的女性人物身上，往往又有一种少女式的天真和童贞，善与恶、美与丑、忠与不忠奇怪地扭结在一起。徐小斌将这种天性发挥到了极致，并在其作品中构建了双重的维度，一种形式、叙述、修辞的轻和一种历史、现实和宗教的重，这两者并置而生，互为视域，在这个视域中，一种与众不同的写作被呈现出来。由此我们或许可以反驳徐小斌的警句：女人写到最后并非一无所有，因为当写作成为一种天性和命运，它本身已经是最好的礼物。

2013 年 1 月 20 日
2013 年 1 月 21 日再改
2013 年 3 月 4 日三稿

红尘一去千万里
——读《女同志》

一

一部小说究竟应该从哪里开始？戴维·洛奇在《小说的艺术》中指出了小说开始的多种可能性：风景、人物对话、自我介绍……甚至从句子的中间开始。① 这当然是对作者的写作而言的，对于一个读者来说，这个问题实际上可以被转换为一个同构的问题：一部小说究竟应该从哪里开始读起？有人愿意从第一句阅读到最后一句；有人愿意先看结尾，再看开头；有人也许仅仅找到一个主要人物的对话，阅读完就随手丢在一边……无疑，这是一个没有确定答案的问题。但可以确定的一点是，不同的阅读方式会产生不同的阅读效果，并最终影响对这部作品的阐释、评价和定位。也就是说，一部作品的"完成"和"建构"不仅仅在于作者怎么去写，同样也涉及读者怎么去读。

作为一个相对专业的读者，我在阅读范小青的《女同志》时，不是从正文的第一句开始阅读的，而是从"女同志"这个书名开始读起。在我看来，这个书名是理解这部小说的关键，甚至是解开这部小说的一把密钥。当然，任何一部小说的书名都是很重要的，书名是某种航标性的东西，指导着读者的阅读方向，提示着作品的主旨和问题。但是对于范小青的这部小说而

---

① 参见〔英〕戴维·洛奇：《小说的艺术》，王峻岩等译，作家出版社1998年版，第5—6页。

言，书名的重要性已经超越了这些方面，比如《赤脚医生万泉河》这个名字只是一个主人公的身份和姓名，而《像鸟一样飞来飞去》这种比喻性的书名也仅仅是象征某种迁徙和漂泊的状态。但是在《女同志》这部小说中，"女同志"这个书名不仅仅是指一群在机关单位工作的女性，也不仅仅象征着她们身份的特殊，最主要的是，这一个书名为小说提供了一个阐释性的框架，也就是说，"女同志"这个书名实际上具有一种统摄性的作用，它在结构上提供了一种可以产生历史意义的空间，在这个空间里面上演的故事（万丽的故事）就不仅仅是万丽在当下的故事，也是万丽在过去和未来的故事，同时也不仅仅是作为个体的万丽的故事，而是作为一个"历史人"的万丽的故事，因为这个"女同志"命名的"点金术"，万丽超越了万丽本身进入一个更大的历史（文学史）谱系中去。

"女同志"首先提示了阐释该部小说的一种重要的历史角度，即书写女性在现代的遭遇。这一书写在不同的历史阶段呈现着不同的写作模式和历史内容，比如在 20 年代，这种书写以"革命+恋爱"的形式来展示女性在自我解放和民族国家解放之间的张力和分裂。按照刘剑梅的分析，这种写作模式实际上一直贯穿整个现代以来的文学史，不过其中发生了不同的变化和差异，比如到了"十七年文学"时期，"女性"的爱情和身体被"升华"为一种"崇高"美学从而形成某种压抑和反压抑的复杂叙述。① 毫无疑问，"女同志"这一带有"政治色彩"的称谓，本来就是文学书写和政治规训等多重合力作用下的一种修辞性的指代，用它来命名一部长篇小说并称谓里面的主人公，意味着范小青有意识地把自己的写作纳入了对这一主题的续写和拓展之中。那么，这里的一个问题是，《女同志》作为一部完成于 21 世纪初的文本，它的独特性到底在什么地方？它与此前的书写构成了何种差异和对话？

我们还应该记得丁玲在 40 年代的名篇《在医院中》，年轻的大学毕业生陆萍来到了延安，并被分配到一个医院里面工作，很快她就发现以前对解放区的想象过于乐观了，医院中的脏乱差、人与人之间的钩心斗角让她大失所望，她试图去改变这种情况，却发现自己无能为力，最终她在一

---

① 参见刘剑梅：《革命与情爱》，上海三联书店 2009 年版。

系列的斗争（人事斗争和思想斗争）中完成了改造，认同了这种环境。也就是说，作为革命"女同志"的陆萍不是改造了她身边的环境，而是被自己身边的环境改造了①。在《女同志》中，同样是年轻的大学毕业生万丽被调到了新的单位，同样面临着复杂的工作和生活规则，她同样在不断的内心挣扎和搏斗中一点点认同她的环境，最终参与并成为这个环境中的一分子。但是需要注意的是，陆萍是主动要求去解放区的，是抱有革命的目标去的，她身上带有五四"女性解放"所建构起来的强烈的主体意识，并把这种主体意识投射到她周围的环境中去并试图改变这个环境，她最后的失败并非她个人的失败，而是整个环境规训的一种妥协。也就是说，只要一旦碰到合适的机会，陆萍肯定会再一次对自己的环境发起改造。但是在万丽身上，我们无法看到这种"主体性"的东西，实际上万丽进入她的环境完全是被动的，在小说中是康季平安排了这一切，而万丽只是一直在很被动地接受康季平的安排。万丽身上的妥协性远胜于陆萍，实际上她与周围环境的不和谐不是源自她高度自主的自我意识，而是个体本身的一种软弱性。可以这么说，万丽对于她的环境并不是那么厌恶，甚至带有某种向往和依恋，她从来没有想过要改造这个环境，只是想通过对环境的顺从来获取在环境中的"优先地位"。从陆萍到万丽的转化，这中间当然经历了各种女性的挣扎和奋斗，但万丽最终所有的努力不过是为了完成一个权力的角逐，并未曾指向任何崇高目标，这难道不是一种遗憾吗？

不仅如此，作为一个女性主体，我觉得万丽似乎也缺少其丰富的"个性"和"内面"的世界，这是另外一个我想要讨论的问题。实际上，陆萍身上带有强烈的"文学青年"的气质，这种文学青年气质使其保持了内心世界的"自足性"，并能与其面对的环境形成某种疏离感。这样，在"疏离"和"内面"中，一种精神性的主体就被建构起来了，并因为各种纠缠而显示出主体与他者、主体与环境之间的多层关系。非常有意思的是，万丽也曾经是一个文学青年，她毕业于大学中文系，是能写一手漂亮文章的"才女"，但是我们发现，在《女同志》长达三十九万字的叙述中，却几乎没

---

① 黄子平对此问题有很好的论述，参见黄子平：《"灰阑"中的叙述》第八章《病的隐喻和文学生产》，上海文艺出版社2001年版。

有对万丽作为"文学女青年"的特质的描述,或者说,万丽的"文学气质"已经被转化了,她不再是热情、敏感的象征,而已经被完全"工具化"了。在小说中,万丽最有才华的表现就是能写出非常漂亮的调研报告和公文。作为文学青年的陆萍一度在文学中消失。因为这种文学气质的消失,我们发现万丽其实变成了一个"单面人",虽然范小青也会描述她的内心活动和冲突,但始终在一个非常日常化的层面上展开,其剧烈程度和深入程度与书中对日常琐事的描述相比显得微不足道,即使在女性最基本的"身体"层面上,她也显得机械。范小青花了大量的笔墨来描述万丽的衣着而不是身体,也就是说,万丽的身体同样被抽空了,她只剩下空虚的包装。万丽的这种单面性暗示了一种可怕的维度,即精神性的"被抽空",身体、情感和"内面"这一系列关系女性成长和解放的东西在当下是缺席的,范小青对种缺席的叙述克制而有力,在温情的背后隐藏着某种无可奈何的残忍,我觉得这是《女同志》在续写现代女性故事中的一个贡献。

二

无论万丽的故事有多么琐碎残忍,范小青必须耐心地完成对万丽故事的叙述,她采用了长篇小说这一形式,在这一形式中,她采用了某种线性的结构方式。万丽的故事基本上按照"遇到困难——产生动摇——康季平介入——解决困难——新的困难出现……"这样一个叙事模式展开,从这个意义上,有人把《女同志》解读为女性成长小说也是很有道理的,我记得潘向黎在谈及这一故事时提供了一个很独特的视角,她觉得女性的成长更多的时候应该是从进入职场开始,这种成长的复杂和困难远甚于青春期的成长。① 但我更关心的是另外一个问题,即作为长篇小说结构形式的一种,这种叙事结构本身为小说提供了何种意义?有一种观点认为,《女同志》的这种叙事结构本身是有问题的,它使得文本显得臃肿、冗长,无法给阅读者提供不断的因为结构转换而带来的阅读上的"陌生感"。毫无疑问,如果按照巴尔扎克式的现实主义的结构标准来看,《女同志》缺乏复

---

① 潘向黎在"江苏省长篇小说研讨会"上的发言,2009年11月15日。

杂的多线索、多点面，显得比较单一和贫乏。而从更现代一点的标准来看（如果我们读过类似于卡尔维诺的《如果在冬夜，一个旅人》这种结构极端先锋的文本），更会觉得《女同志》的结构过于陈旧，它缺乏变化和惊奇。一些批评家甚至善意地建议范小青多写一点短篇小说，少写长篇小说，可能也是从这个角度出发的①。这些看法都有一定程度上的合理性，实际上就我个人的阅读感受而言，我读到《女同志》第250页左右的时候已经很疲倦了，这与"超稳定的"、缺乏变化感的结构有莫大的关系，这种结构直接影响了整部小说的叙述速度和叙述节奏，就像是一个电报机，几乎是用一个波段在给读者的大脑传递信息，自然容易产生阅读的困乏。但是，就这一叙事结构本身而言，我想提供另外一种读法，这种读法一方面来自我的文学史经验，另外一方面也来自我对于范小青的一种同情式的阅读阐释。就前者而言，我愿意把这种结构与中国古典小说如《西游记》的结构联系起来，我们知道，在《西游记》中，也存在着一个"遇到困难——产生动摇——另一种力量介入（比如观音或者如来）——解决困难——遇到新的困难"这样一个模式，通过这个叙事模式，主人公得以不断锻炼自身并向预定的目标挺进。在《女同志》里面，万丽和康季平实际上形成了这一叙述结构的两极，万丽不过是被"阉割了"的孙悟空，她被康季平这个代表更高力量的人"预选"为"命定者"，去完成一个"入世"的使命。我们看到，在小说中每当万丽发生动摇、试图放弃奋斗、回到以前的生活中去的时候，康季平就会"念经"一样对她说："不可以的，因为你与众不同，你必须完成这些，达到更高的境界"，这种对话在文本中反复出现，一步步强化了万丽"被选者"的身份和意识。万丽是一个试验品和牺牲者，她全部的努力不过是为了完成一个男人所赋予她的使命和目的，而这个使命和目的，虽然在文本中被隐约表达为"自由"，但在最后却不过是落到了它的反面，万丽的成长不过是完成了那些觊觎她的男性们的一个色情梦：她终于可以完全放弃自己的女性身份和女性意识，赤裸裸地去调情和交易。万丽和康季平所代表的"阴阳"两极本来构成了文本稳定的结构，但是因为这种内容的发展，这一结构实际上是被打破了，康季平似乎变成

---

① 范培松在"江苏省长篇小说研讨会"上的发言，2009年11月15日。

了一个不男不女的人，他永远躲在帷幕背后搞一些"阴谋诡计"。而万丽，也渐渐失去了她的女性特征（像聂小丽一样），变成了一个工具，机械地生活。但是诡异的是，他们并没有意识到这种转变，而是陶醉于并认同了这种转变，所以即使在康季平死后，这种"阴阳"的二元结构被彻底颠覆，万丽却依然有条不紊地继续她的故事。我想强调的是，《女同志》的这种看来简单乏味的结构其实与它的内容形成了某种一致性，这是我试图理解范小青的地方，这种结构与万丽同样缺少精神性的自我完成的故事形成了同构。万丽在不断地"重复"那些康季平预设给她的困难，然后向一个并不崇高的目标挺进，而范小青通过这种不断"重复"的叙事结构告诉我们，万丽的"重复"和"挣扎"其实是没有意义的，她其实拥有的不过是一个被不断"异化"的人生，她并没有完成自己许诺给自己的自由。《女同志》的叙事结构因此与它的故事本身紧密结合在一起，"如果我们按照这些故事本身的方式来阅读它们，我们很快就会发现一种潜藏在效果单一性之下的绝妙而复杂的技巧"①。

三

在我看来，虽然有上面几种读法为《女同志》作为当代优秀长篇小说的合理性做证明，但我仍然觉得这部小说具有某种"未完成性"，这种"未完成"主要表现在几个方面，第一是在主题上面，我觉得万丽与周围环境的冲突展示得还不是很够，尤其是这种外在的冲突如何转化为内心的冲突，并最终形塑、规训了个体的身体和精神，这个过程在小说中写得不够充分。第二是我觉得文中有几个人物实际上可以进行更丰富的书写，比如万丽的爱人孙国海就是一个非常有意思的人，我觉得范小青其实是对这个人物寄予希望的，她试图通过这个人物来展示一种不同于康季平和万丽的存在，但是很可惜，后来这个人物被脸谱化了；还有另一个女同志伊豆豆，从这个人物身上可以看到茅盾笔下的孙舞阳等人的影子，带有极大的因强烈的爱欲而导致的毁灭性和歇斯底里。但是我觉得范小青因为过于谨慎而

---

① 〔美〕W·C·布斯：《小说修辞学》，华明等译，北京大学出版社1987年版，第9页。

回避了对这个人物可能性的开掘。

　　我这里指出这些问题并不是求全责备，在我看来，恰好是这些"未完成性"使得《女同志》成为一个可以被充分历史化和充分社会化的小说文本。我的意思是，《女同志》在表面的日常生活叙事中隐藏着一些关系到我们这个时代的文学写作本身的问题，这一问题就是，写作如何突破个人叙事的限度，与更广大范围内的历史、社会联系在一起？我觉得范小青在这方面是有一定的自觉意识的，她没有醉心于万丽作为一个女性的极端的私密性的个体经验和身体经验，而是把她置于一个比较复杂的现实生活的网络中去予以展示和定位，这是一个很好的倾向。范小青近年来的一系列作品都显示了她的这种努力，无论是《女同志》还是《赤脚医生万泉河》都试图在一个变动和多面的历史社会时空中去重新书写个人、解释历史、回答问题。但是让我觉得困惑的是，就文学写作而言，这些历史的、社会的问题最终还是要落实到一个人的精神和灵魂上来。而这些精神和灵魂，又必须通过特定的语言和形式得以创制、表达和书写，那么，在这种情况下，文学是不是应该更"文学"、更"艺术"一些，是不是应该有更新鲜的语言、情感、形式来创造属于我们这个时代的新的文学"个体"和文学经验？

2009 年 12 月 13 日
2009 年 12 月 25 日改
2010 年 1 月 9 日再改

"风的形状"和小说的形状
——评程永新的《若只初见》

一、"邂逅叙事"和流动性

《若只初见》共收录了五篇小说,开篇是一次美丽的邂逅,刚刚入职出版社的"我"和"古筝女王"相遇:"女王整个身子前倾……双手交替在空中柔美地舞动,勾勒出缠绕的无形弧线,女王的身体蛇一样随之律动,齐肩的黑发飘逸起来,遮住了整个脸庞",男主角被这种美所吸引,"递过名片,有股甜甜的暖流漫过心田"。不出意外,这美丽的邂逅会成就一段感情,女王和"我"开始有了联系,但与惯常恋爱的热烈、投入稍有不同,这两人的"亲密关系"始终有些疏离和飘忽。在故事的前半部分,女王牢牢地控制着主动权,引导着年轻的"我"进入情爱的秘境。但是在后半部分,情势被逆转,主动权回到了"我"的手里——但仅仅是暂时性的——"我"的主导权不过是一种"狭隘、偏执和局限"的逃避。这篇小说有着精致的结构和丰富的喻义,小说分了五部分,每部分以"慢板""中速"等音乐术语暗示着故事的节奏。从表层看,它很像是一个中年成功男人的"追忆似水年华",但程永新以一种小说家的敏感触碰到了更深层次的东西,时光的流逝固然让人感伤,但人类探索自身命运的努力更具有悲剧性。《若只初见》中的每一个人物都在努力突破自我的局限,其中最激烈者莫过于"女王",她以一种游戏者的姿态试图打破生活的惯常秩序,努力将她的人生演绎为一种艺术,但最后却因为"疾病"而早逝——真的是简单的生理疾病吗?在小说的开头,"我"似乎已经预感到了"女王"的这种命运:

"经过刚才这么急风暴雨般充满力度的弹奏,琴弦为何没有一根崩断呢?"实际情况是,生命犹如琴弦,过激则崩,过缓则弛。

这种"生命——琴弦"的设置也许会让人想起史铁生的名篇《命若琴弦》,但是与史铁生的寓言叙事方式不同,《若只初见》的标题已经暗示了这篇小说的回溯视野和生活流的处理方式,这一处理方式最有特点的地方在于,整个故事的进展有赖于人物不断的邂逅,人物的出现、相遇、消失没有因果链,也没有太多的内在关联,无缘故的出现、相遇和消失暗示了现代社会的高度流动性,在这个意义上,邂逅叙事获得了它的社会形式结构。在《若只初见》里,上海已经初步具有这种"高流动性",而在《我的清迈,我的邓丽君》里,这种流动性已经是全球化景观之一种。这篇小说的主旨之一应该是阿格的"寻找和疗伤之旅",但有意思的是,小说同时也在"邂逅"上花费了大量笔墨,甚至有时候会让我们觉得偏离太远。无论《若只初见》里的文学交游生活,还是《我的清迈,我的邓丽君》里"三人旅游团"在泰国的各种遭遇,都指向一种脆弱而短暂的"亲密关系",这正是现代性的本质之一,"现代生活方式可能会在很多方面有所不同——但是,把它们联合在一起的恰恰是脆弱性、暂时性、易伤性以及持续变化的倾向"①。

暂时性的邂逅指向一种危险——旅途的危险或者是人生的危险,正如穆旦的那首名诗:"我和你谈话,相信你,爱你/这时候就听见我底主暗笑/不断地他添来另外的你我/使我们丰富而且危险。"程永新小说中的主角对这种危险有着"爱恨交织"的现代反应,他渴望着一种不确定性,热爱一切稍纵即逝的美,但同时又对这种美的消逝有着强烈的先验性的预知,这使得程永新的小说充满了一种宿命感。

二、个人和历史的"创伤"

无论流动性是多么迅捷,"邂逅"都意味着与他者的相逢,在与世界

---

① 〔英〕齐格蒙特·鲍曼:《流动的现代性》,欧阳景根译,中国人民大学出版社2018年版,第4页。

的链接中,"他者"发挥着重要的作用:为了重塑世界,能起到关键性作用的重要触媒乃是与他者的邂逅。但与他者的邂逅又绝非易事。①"绝非易事"在这里不是指时空的距离,在流动性的现代,技术已经解决了物理距离的间隔,这里的"不易"主要指的是与"他者"真正发生"共情性"的交流和沟通,并能够完成一种经验的理解和互动。按照社会学家乔尔的观点,只有通过有效的社会参与和社会互动,一个良性的社会循环系统才能够建立起来。②如果从这一视角出发来分析程永新的小说,我们会在其"邂逅叙事"中看到一幅幅社会化的图景。在《若只初见》里,我们看到了1990年代上海的酒店、咖啡屋、小阁楼,以及以出版社青年编辑"我"为中心串联起来的文学生活和交游生活,我们从这些场景里能分离出各种有趣的话题,比如物质的拮据和精神的充盈,比如文学圈子中的友谊以及文学的商品化倾向。在《我的清迈,我的邓丽君》里,这些社会性的场景同样比比皆是,搭便车的泰国女孩、歌厅里的舞女、按摩房里的技师……陌生的国度和语言使得这种社会呈现更具有即时感。需要指出的是,程永新几乎是以一种"零度情感"来叙述这些场景,他不对这些场景进行价值评判,但对读者来说,这种呈现反而显得真实、可信且生机勃勃!

但程永新并没止步于此,如果他仅仅是不动声色地描写这些"客观"的社会场景,那他的写作很有可能就会变成他自己所谓的"无思想性的写作"。真正的理解和互动不仅仅基于即时性的当下经验,更重要的是,人作为系统性文化和社会的一分子,要充分而深刻地洞悉人性的复杂和奥秘,就不能离开人的"历史性"。这一历史性不仅仅是指历史题材——从程永新的《青城山记》可以看出他对历史题材的兴趣,这一篇如果以长篇的篇幅来完成也许会效果更佳。我感兴趣的地方在于他在日常的社会性场景里对人的历史的追问和书写,并以此展开其丰富的社会学和历史学的想象力。这一方面的代表作首推《风的形状》。

---

① 参见〔日〕石井刚:《实践的思想,思想的实践:有关个体生存的追问及"我们"的时代》,见石井刚:《齐物的哲学》,华东师范大学出版社2016年版。

② 参见〔美〕乔尔·查农:《社会学与十个大问题》,汪丽华译,北京大学出版社2009年版。

《风的形状》以青年米林入职某图书馆为故事缘起，小说开篇写米林第一天去图书馆报到，极尽环境描写之能事——熟悉上海市巨鹿路爱神花园的人能从这些环境描写里准确地判断其环境原型，也由此可以从"传记研究"的角度看出米林身上有程永新的影子。如果按照郁达夫写《沉沦》的思路，这篇小说完全可以写成一部当代的"自叙传私小说"：初涉社会的青年如何在局促的环境里展开其幻想、自渎或挣扎。但程永新荡开一笔，他从自我的影子里逃离出来，以米林的客观眼光发现了花园里一处明显的破绽：标志性建筑女神雕像不在中轴线上，而是稍微有点偏离，这使得女神的雕像总是处于阴影之中。学建筑专业的米林觉得这并不符合建筑学的原理，何况这花园本来是一位大师的设计杰作！至此我们似乎可以理解这篇小说开篇巴尔扎克式的"典型环境描写"的功能性作用——其目的是突出这偏离的女神雕塑，这是小说的核心部件，通过这个部件，《风的形状》具有了侦探和悬疑的气息。米林确实有点像老巴尔扎克笔下的那些无畏的"闯入者"，他们进入一个陌生的空间，并借此窥探、发现了日常生活背后的历史深渊和人性困境。这既是结构性的洞开也是历史性的洞开，对于前者来说，《风的形状》具有了多种小说类型的质素，对于后者来说，在一种审视的目光中，每个人的历史逐一浮现，其中重要的有两个：都一敏的"文革"史，米林的童年史；次要的有两个：陈大志的乡村生活史，看门老人的身份史。历史由此发生了质的变化，它不再是冰冷的文字记录，而是关乎每一个具体的人的命运——历史由此变成了"历史创伤"：都一敏在老校长自杀后的悔悟，米林对自己亲生父母的怀念，陈大志摆脱不了的乡村伦理，看门老人坚守着的隐秘承诺……这些个人的创伤汇聚在一起，由此大历史落地生根，获得了其人的形象和温度。对"创伤"的关注同样出现在《我的清迈，我的邓丽君》中，阿格的童年身世创伤和邓丽君的事业婚姻创伤两相呼应，阿格的"天眼"其实就是程永新的"叙述之眼"，通过对创伤的揭示和书写，他试图克服创伤所可能具有的毁灭性。而《风的形状》告诉我们的是，创伤并不能直接毁灭我们，毁灭我们的是对创伤的无意识应激回应。

三、结语：叠加的讲述

再回到《若只初见》，这一篇前面有一段题记，这也是全书唯一的一次题记："我在外省各处游荡，与月亮和星星相伴，一次次被旧时的云彩所追赶，迷失在绵绵无尽的梦境之中。"如果说小说就是梦境，程永新以"游荡"的方式进入这一梦境，他要完成的不仅仅是讲述，而是如何在"旧时的云彩"和"今日之现实"之间找到一条通途，并由此重塑"小说的形状"。对程永新来说，进入这一通途的核心密码是讲述和再次讲述的辩证互文，小说集中很多的故事开始于旧日，也曾在过去被讲述，但是这一次，时隔多年，这些故事被置于新语境下重新激活，叙述时间和所叙时间就这样在程永新的讲述中反复叠加，它最后生成的效果一如布朗肖所肯定的：重要的不是讲述，而是再次讲述，在再次讲述中，将每一次讲述都变成第一次讲述。①

——每一次讲述都是一个新的形状。

——这也正是风和小说的不确定性。

2022 年 3 月 28 日

---

① 参见〔法〕莫里斯·布朗肖：《无尽的谈话》，蔚光吉译，南京大学出版社2016年版。

一代人的爱与罪

——评蒋韵的《你好，安娜》

《你好，安娜》是蒋韵最新的长篇小说，出版于2019年。我的习惯是"延迟性阅读"，即等一部新作刚刚发表出版时"铺天盖地"的宣传、推销过去以后再阅读，这样既可以保持相对的冷静和客观，也能够有一些比较和反刍的空间，当然，这也是我为自己的惰性找到的一个很好的借口。最近一段时间，我将这部在2019年获得高度关注和肯定的长篇小说认真阅读了一遍，心里暗暗一惊，不是觉得当时的评价高了，而是觉得评价低了。从我个人的阅读趣味来说，这是我近三年来读到的极好的长篇小说之一——蒋韵宝刀不老且更趋精进——我很庆幸自己没有错过一部优秀的精彩之作。

《你好，安娜》讲述的是一代人的青春、爱情和生活，当然也包括他们的理想、追求和失败。这一代人，在中国有个特定的称谓"知青一代"。在1980年代，书写这一代人的文学作品形成了一股"知青文学"潮流。遇罗锦的《一个冬天的童话》、张贤亮的《绿化树》是其中的代表。1980年代的"知青文学"总体来说有两个特点，第一是具有强烈的控诉性，控诉历史对人的伤害，青春在无知和盲动中的消耗，最后留下的只是伤痕累累的个体。第二是去罪化，这在男性作家的书写里尤其突出，历史的罪被视作外在之物，对罪指认的同时也进行着切割，个体被视作完全被动的、无辜的、不需要承担责任的，其救赎之道，往往依赖进化论或者规定的意识形态话语。从这个角度看，1980年代的"知青文学"书写在情感层面不够深入，控诉固然重要，但文学却不能仅仅停留在控诉的层次；在历史层面不够具体，大而化之的"去罪化"导致了历史反思的似是而非、模棱两可。蒋韵的《你好，安娜》作为诞生于21世纪的"后知青文学"，在多个维度推进了对这一群体的书写，小说的主要人物设置是素心、安娜和三美这三位女性闺蜜，她们青春芳华，各具特点：素心最有才情，过目不忘；安娜内敛安静、相貌"端详"；三美单纯直接、活泼开朗。和那个时代大多青年人一样，"她们总是为这些遥远的、另一个世界另一个时空中的人物悲伤着，或者欢喜着，那是她们的诗和远方，是她们的精神的家乡。她们对那个世界的热爱，远胜过热爱她们自己真实暗淡的人生"。蒋韵没有陷入对她们"伤痕累累"的人生的简单控诉，而是敏锐地捕捉到了这"伤痕"后面掩盖着的对爱的执着和对美的向往，正如诗人昌耀在《慈航》中所言："是的，在善恶的角力中／爱的繁衍与生殖／比死亡的戕残更古老／更勇武百倍。"素心、三美和安娜在安娜·卡列尼娜的故事里陶醉，她们从那些文学和艺术中习得了爱与美，并将之付诸行动。她们或许意识到了爱并不总会有美好的结局，但她们不得不接受它的洗礼——这是一种悖反吗？《你好，安娜》里有时候甚至有一种怜悯的视角，这种怜悯不是廉价的同情，而是对在历史和命运中苦苦挣扎的生命的尊敬和爱惜。虽然叙事要求蒋韵残忍地将这些女孩推进爱的深渊——同时也是罪的深渊，但她总是有那么多的"不舍得"，这使得小说超越了控诉而上升到审美的层面，而关于这些女孩们的"伤"与"爱"的故事，就不仅仅是一代人的故事，也是普遍的人类故事。

不仅仅是"爱与被爱"，同时也是"罪与赎罪"。历史之手就是这么戏剧性地涂改着爱的面目，丰富着爱的内涵。《你好，安娜》的核心故事情节是安娜和素心同时爱上了一个干净、明亮、才华横溢的青年知青彭。但是彭对安娜情有独钟，高傲的素心在这场单向的爱中被撕裂，她在爱、友谊、嫉妒和骄傲中辗转，在保护彭的私密日记本事件中——日记本在那个时代有着极高的危险，因此富有历史隐喻——她选择了谎言和沉默，虽然事实是她做出了巨大的牺牲，以身体作为交换，保护了日记本，但随后她的嫉妒和谎言却直接导致了安娜的自杀和彭的流亡。《你好，安娜》中的罪不是模糊的道德指认，而是具体真切地体现在个人的行动之中，罪也不仅仅是恶魔才具有的品质，而是人性的一部分。问题或许可以转化为这样的追问，在什么样的条件下我们的人性会犯罪作恶？如果我们没有办法拒绝糟糕的历史条件，那么如何在最低限度上保全自己的人性？如果我们不幸——往往是因为自身的欲望和软弱——获罪，那么我们如何救赎？从法理角度看，《你好，安娜》中的每一人其实都是无辜的，但是从道德和情感的角度看，每一个人都深陷罪的旋涡：素心直接导致了安娜之死；丽莎的母亲毁掉了丽莎的舞蹈梦；丽莎则以自暴自弃来报复母亲；三美则在素心、安娜、彭之间扮演了泄密者的角色……这些具体的罪与历史的罪同生共长、密切纠缠，因此，对这些具体的罪的认领、反思和救赎就不仅仅是个人行为，同时也是历史行为。对历史的理解只能建立在个人具体的生活和命运之中，这是《你好，安娜》最具有历史意识和批判理性的地方。

"赎罪"于是变成了一件极其艰难的事情，它不仅仅意味着良心的折磨、乞求谅解的渴望，更意味着持续的记忆和痛苦。如果说《你好，安娜》的上半部主要讲述的是"爱与罪"，下半部则聚焦于"爱与赎罪"。蒋韵提供了两种赎罪的模式，一种模式发生在丽莎和母亲之间，这一模式的要点在于母爱、失败和失忆。丽莎将破败不堪的人生反复讲给母亲听，在记忆和失忆的对话中，苦难被升华，罪得到了宽恕。一种模式则集中体现在素心身上，这个能够娴熟讲述《安娜·卡列尼娜》并拥有一个"玛娜"教名的女性将赎罪推向了极致，她不仅拒绝融入世俗生活，而且通过书写将"罪感"与人分享——当素心的戏剧《完美的旅行》演出结束，素心、三美和彭心意相通，他们理解了彼此。所以素心的救赎不是简单的和解，而是深刻的理解，理解自我，理解他者，理解社会和历史，但理解并不代表简单的原谅。

是的，不是简单地握手言和，而是理解——但并不原谅！素心由此完成了其作为知青一代最具有反思和赎罪精神的典型文学形象，蒋韵也通过《你好，安娜》将"后知青文学"推向了一个新的纵深。

2023 年 2 月 13 日

作为群像的一代人
——评万方的《你和我》

万方的《你和我》是一部非常优秀的作品,也是最近几年我个人读到的极好的传记作品和非虚构作品之一。正如作者所说,她不仅仅是写曹禺先生,也不仅仅是写方瑞先生,她写的其实是一代人的群像。在某种意义上,这本书的所叙时间一直往后延展,不仅涉及曹禺先生那一代人,还涉及作者、读者等几代人。这本书回归到文学一个非常基本同时又很重要的质素,即共情的能力。现在在很多的小说、诗歌、电视剧其实并没有足够的共情能力。文学和艺术最基本的向度是要打动人、感染人。要做到这一点,首先就要真诚。真诚是这本书贯穿始终的情感向度,也是作者万方写作的出发点。万方通过这本书,不仅是在真诚地反思曹禺先生那代人的命运,同时也是在反思自己这代人的命运。

这本书的开篇就显示出了真诚的特质。开篇写的是母亲去世,女儿在外地根本就不知情。这是一个非常富有悲剧性的场景,很有代入感。但是作者在处理这个场景的时候非常克制,她没有局限于悲情或者控诉,而是反思是什么样的历史、文化、机制造成了这种悲剧,每一个具体的个人在这个机制里扮演了什么角色。真正的知识者和文化人,一定要有自我反思的能力。如果只是一味地指责别人而不是反思自己,那一定是有偏颇的。很多人到了一定的年龄后就开始丧失自我反思的能力,常常被生活的旋涡和流行的观念裹挟。但是《你和我》这本书有一种非常强烈的自我反思的精神,万方不停地反思自我、质疑自我,由此来抵达曹禺先生那一代人的精神高度和精神困境。

曹禺先生那一代人是非常了不起的。"五四"已经过去了一百年，听起来好像特别遥远，其实并非如此，作为现代中国最重要的精神资源，"五四"依然活在当下。"五四"那一代人和我们最大的不同点在于，他们深受中国传统的文化影响，因此也见识了中国传统文化里最黑暗最不人性的一面。曹禺先生小时候在天津的小洋楼里面，看见自己的父母躺在那里抽鸦片，他父亲发怒时把他哥哥的腿打断了。我们现在已经很难想象那种旧式家长的权威。所以那一代人的核心主题是离家出走，因为家代表了一种压迫性的体制，中国传统文化因此成为那个时代需要祛除和革命的对象。那一代人又是了解西方的人，曹禺先生在很年轻的时候就阅读了大量英文著作，认识到了现代文明的进步和重要。后来的几代人，包括出生于1980年代、1990年代的年轻人，相较于曹禺先生那一代人，对中国的传统文化和西方文明的了解都太少了，在文化综合性的养成上欠缺很多。

《你和我》里面还写了那一代人热烈的爱情，读者们最喜爱的可能就是里面的情书，既有方瑞先生写给曹禺先生的情书，也有曹禺先生写给方瑞先生的情书。我个人认为，方先生的情书写得比曹先生的更好，女性爱的力量、爱的爆发力，比现在很多爱的表达要热烈得多、奔放得多、有高度得多。他们那一代人对于爱情的追求和想象也和现在不太一样，他们非常天然地把个人的情爱和对家国的热爱结合在一起，儿女情长也是家国情长。个人的爱、个人对自由的追求，与个人对国家的爱、对民族的爱、对文化的爱，能够天然地统一起来。曹禺先生和方瑞先生在热恋中，不仅仅是说"我爱你"，他们也在交流有没有读最新的哲学著作，有没有读《静静的顿河》。他们也会探讨对社会的理解和对世界的理解。那一代人的爱情与自我的革命、社会的革命连接在一起，非常了不起。

我们都知道，曹禺先生的作品中塑造得最成功的几乎都是女性形象，比如繁漪、陈白露等，这与他对女性处境的深切观察有关。谈到女性的处境，我们可以上溯到历史的深处。在中国古代历史中，女性的生存状况是非常多元的，唐代女性的社会地位很高，社会化程度也很高。我们所说的中国女性的非社会化的历史，主要集中在明清以后，理学作为一种官方哲学不仅仅影响到贵族妇女，也影响到了社会底层的妇女。比如裹脚在明清以前并不普遍，慢慢地，通过社会想象和审美想象的推进，而变成了普遍的压迫性的制度。

五四时代的女性追求自由和解放的热烈和深刻,前无古人,后是否有来者,也很难说。我想用一个词来描述她们,那就是光芒万丈。走在时代最前列的女性都是光芒万丈的。正应了那句诗歌——伟大的女性引领我们上升。尤其是第一个投身于追求现代民族国家解放运动的伟大女性秋瑾。秋瑾当时结了婚,生了两个孩子,然后离家出走,女扮男装到日本去留学。据说,有一天,一群中国留学生在酒馆里喝酒买醉,秋瑾握着刀闯进去,把刀往桌上一拍,斥责这些人懦弱、无知、昏聩。秋瑾后来被处决的时候,她说:我非常爱我的孩子,但为了千千万万个像我的孩子一样的孩子能够活得幸福,我愿意献身。这就是视死如归。

无论是曹禺先生还是方瑞先生,他们都活在五四时代的大潮里面,他们会受到那些时代灵魂的召唤并与之互动。曹禺先生给方瑞先生的信里面有一句话写得特别好,他说他们都是有灵性的人,所以他们才能够感知到那种巨大的爱。没有灵性怎么能感知到爱呢?我们这代人是被外在物质生活严重限制的一代人。但是曹禺先生、方瑞先生那一代人不是这样的,尽管外在的文化制度和观念上有一些束缚,但是他们有强大的内在的灵性,所以他们能够冲出去。曹禺先生是一个天才式的人物,那一代人共同缔造了中国现代文化的开端。

在读这本书的时候,我们会注意到一个现象,曹禺先生这样一个天才式的人物,在1950年代以后就没有写出特别杰出的作品了。以至于一度有很多人用"江郎才尽"来形容他。我个人看来,这个问题其实并非"江郎才尽"这么简单。有时候一个天才坐在我们面前,我们并不知道他是天才,我们很多时候并不知道自己和一个伟大的人物生活在一起。这种情况在历史上是时常发生的。肖洛霍夫写《静静的顿河》的时候,很多人都怀疑不是他写的,直到他获得诺贝尔奖以后,很多人还到处找证据试图证明这一点,因为他当时太年轻了。所以文学和艺术有时候特别残酷,只承认第一,不承认第二。一个像曹禺先生这样有追求的剧作家,他如果写不出《雷雨》《日出》《北京人》《原野》这样的作品,他是不会再写作的,因为已经没有意义了。托尔斯泰晚年的时候也不写东西,有一天他看《安娜·卡列尼娜》,大吃一惊,说这本书写得太好了——他已经忘记了这是他写的作品。所以我觉得这里并不存在江郎才尽的问题,有些作家一开始写作就到达高峰,曹禺先生就是这样的作家。有些作家可能是大器晚成,像《鲁滨孙漂流记》的作者笛福。曹禺先生已经到达了他所能够达到的最高峰,同时也是他所处的那个时代话剧艺术的最高峰。

  最后需要再强调一点,作为一部非虚构的传记作品,《你和我》这本书是非常值得我们去学习和研究的。这几年的非虚构创作非常热,但是真正让我们觉得写得特别好的非虚构作品并不多。现在有很多的培训机构教大家怎么写非虚构作品,包括一些媒体也在发起类似的写作营活动。实际上,写作是不太能直接教会的。写作需要自由,需要天性。但是一个基本的前提是,写作者要去读那些最好的作品,取乎其上,得乎其中。看一遍万方写的《你和我》,可能会对非虚构写作有一个全新的认知。同时,这本书也是一本关于曹禺先生的研究著作,它对研究曹禺先生、理解曹禺先生及其作品价值是非常重要的。我们知道关于曹禺先生的研究著作有很多,比如田本相的传记研究在学术界的影响就非常大。但是如果给本科生、研究生推荐一本书,我首先推荐的肯定是这本《你和我》,因为我想让年轻的学生们首先去记住曹禺这个人,并且爱上他。先爱上他,再去读他的作品,才会更加理解他。《你和我》的重要价值就在于给我们提供了一个能够激起我们共情的、亲切的、有起落、有爱憎的曹禺先生和方瑞先生的整体形象。他们是人,而不是神。他们既不是高高在上,也不是匍匐在地下。他们就是在人世间行走、生活、爱恨的人。这样的人,才最值得我们去感知、理解和热爱。

2020 年 8 月 29 日改定

注释的审判
——宁肯的《三个三重奏》

一、超越"日常题材"

《三个三重奏》①的题材在最浅显的语义层面是官商勾结和权力腐败。这是中国当代政治生活中被谈论极广泛同时也极能引起缺乏政治训练的大众们狂热想象的题材，尤其是在新媒体盛行的当下。在 2014 年出版这部作品似乎更具有某种对位感，因为在十八届三中全会以后，以"反腐"为政治合法性张目的官方意识形态正在有意激活普罗大众这一方面的想象力。生活在这一语境中的宁肯意识到了什么？完全没有理由证明宁肯为了取悦市场而选择这一被数量巨大的中国作家热衷的题材，在绝大部分时候，这一题材被中国作家们极端庸俗化了。但宁肯肯定有一种如布斯所言的对题材的高度敏感，或者说，他也许从这一被广泛想象和书写的题材中意识到了更重要的东西——我将这一东西称之为"想象力的缺席"。毫无疑问，现实（暂且使用这一本质化的称谓，实际情况是任何未经书写的现实都是不存在的）中的相关事件、角力、人性极大地刺激了作家们的书写欲望，但吊诡的是，当作家们试图用其笔触去书写这些题材和事件的时候，却发现反而离它们更遥远了。因为一种更强劲广阔的想象力的缺席，这些题材本身所包含的丰富的人性和历史意义被抹平了。这也是普通读者有时候更愿意去阅读微博和新闻而不愿去读一部小说的原因，因为在微博和新

---

① 宁肯：《三个三重奏》，北京十月文艺出版社 2014 年版。

闻中，至少还有一些想象的缝隙可供参与，提供发泄的功能，而在小说里，因为平庸的叙述无法制造阅读的开放性空间，它让读者望而生厌。

　　宁肯有些大胆，作为一个当代文坛的"少数派"作家而选择"腐败"这一流行且通俗的题材来架构其新长篇。但这不是宁肯一贯的做法吗？在写作《天藏》之前，不是有马原、扎西达娃等人引领的西藏写作热吗？更遑论流行文化中对西藏那种浅薄的文艺女青年式的单一想象。但宁肯以其诡异的方式成功地将西藏创造为一个"宁肯式"的西藏，并开创出了一种以"注释体"而闻名的小说文体。这是一个作家真正有创造力的标志：不是去写未曾经验的事物和题材，而是在最一般的经验中创造出不一般的经验和想象，如果说前者可称之为写作，后者则意味着真正的文学。

　　现在的问题是，福楼拜从1850年代众多的包法利故事中创造出了《包法利夫人》这部经典的现代小说，司汤达从1820年代众多的于连式的新闻中创造出了《红与黑》，那么，宁肯怎样从遍地开花的腐败题材中创造出自己的杜远方和居延泽？

　　必须是形式，必须一再强调只能是形式。只有通过形式的力量才可以将最普通的题材升华创造为真正的艺术。谈论这一点在当下中国的批评界似乎很困难，我们的批评家还停留在"内容/形式"的简单二元对立的观念中，这其实是将形式和内容割裂开来的一种形而上学。实际情况是，在有创造力的作家和艺术家那里，形式和内容是统一的，内容需要一种创造的形式，而形式同时也就改造了内容。这一点让我想起伦勃朗一幅著名的油画《木匠家庭》，《木匠家庭》画的是耶稣的故事，包括圣子圣父和圣母，伦勃朗画中的人物原型全部都是荷兰的普通人，圣母是一个17世纪普通的劳动妇女，圣父则穿着17世纪荷兰工人的衣服。用傅雷的话来说，伦勃朗简直就是在画他的邻居一家，但同时，傅雷也发现："一幕如此简单的故事，如此庸俗的枝节（因为真切故愈见庸俗），颇有使这幅画成为小品画的危险。是光暗与由光暗造成的神秘空气挽救了它。靠了光暗，我们被引领到远离现实的世界中去，而不致被这些准确的现实所拘囚。"[①]

---

　　① 傅雷：《世界美术名作二十讲》，生活·读书·新知三联书店2010年版，第158页。

宁肯小说里面有没有这种光暗？也许我们会想起一个细节，那就是在审讯居延泽的时候所采用的"白光"，"白光"在小说里面一方面是具体的物质，用以扰乱犯人的心智而使审讯得以顺利完成，但是在另外一个层面上，白光又是一种形式主义的隐喻，"白光"与"黑暗"并置而生，它们唯一的共同性就是，在这种强烈的光暗中——无论是极白还是极黑——都是"看不见"的。仅仅这个细节已经足以让我们对宁肯的《三个三重奏》刮目相看了。也就是说，宁肯也有一种类似于伦勃朗画中的光暗和神秘性，这种光暗和神秘性让庸常的日常生活获得了神性。

二、现代性与古代性

《三个三重奏》中的主要人物杜远方和居延泽，在某种意义上都不仅仅是日常的人物，他们身上有一种"半人半兽"或者"半人半神"的气质。一方面他们是如此日常，陶醉于权力、金钱和性欲的放纵之中，而另外一方面，他们又像那些超然的思考者，不停地反思甚至批判着自己的日常行为，在他们身上上升与堕落齐飞，天使与魔鬼合一。审讯并追溯他们的传奇人生，同时也是在追溯一代人的家国梦。但宁肯狡黠地拒绝了"宏大叙事"，而用音乐式的复调来叙述传记式的内容。这种音乐的节奏感会让我想到昆德拉小说里的节奏，昆德拉小说里的节奏最后都会生成一个主题，比如说最后变成一个合奏"非如此不可""非如此不可"。宁肯的小说里最后也会呈现这种东西，"非如此不可""非如此不可"。历史不得不用此种方式来完成。陈晓明认为在这种叙述的最后听到的是"寂静"[①]，这一点特别好，在权力和政治的喧嚣中，我们反而听到了寂静——一种哲学意味上的寂静。我个人认为还可以更进一步，不仅仅是西方交响乐意义上的"寂静"，更是一种中国式的"空"。小说里描写了灯红酒绿的聚会、钩心斗角的权谋、泛滥变态的情欲，但是所有这一切的背后所指皆为空。真正的空不是废墟——批评家巫鸿认为中国后现代艺术的本质是废墟——我觉得真正的空是在殿堂的华美和仪式的庄严背后的无意义。这正

---

① 陈晓明在宁肯《三个三重奏》研讨会上的发言。2014年10月22日，中国人民大学。

是杜远方和居延泽这些人的空，在一派意义的阐释里突然发现了意义的黑洞和意义的空。在这个空里面，杜远方和居延泽听到了生命本身的坍塌，虽然他们试图挽救这种坍塌，但除了接受审判并无别的可能。而在宁肯这里，他通过这种空，找到了一种现代作品里面的古代性。我是在波德莱尔的意义上来谈论这一点，波德莱尔在描述现代性起源的时候特别强调现代性和古代性各占一半。但是后来的发展是现代性压倒性地把古代性驱逐出去了，没有现代性，古代性就仅仅是一具化石，无法与当下进行对话；而缺乏古代性，现代性就只能是一个稍纵即逝的日常生活流，无法进行审美上的升华。这么说也许过于抽象，我们可以稍作引用：

> 杜远方接下来的话更让敏芬不适，感觉有如冷水泼下：
> "对权力而言，所有人都是它的猎物。"
> "你更是。"停了一下，杜远方接着说。
> "没想到您这么犀利。"敏芬脱去幻觉，冷下来有点嘲讽地说。
> "不是犀利，"杜远方说，"这个你得认，是规则。剩下的才是逃生问题、怎么逃的问题。这个或许我倒是可以帮你——生日快乐。"杜远方碰了一下敏芬的杯子。[①]
>
> "当然，"杜远方说，"我知道他们轻易不会让我成为事实上的烈士，虽然我心里觉得已是。一般说来不会，极特殊的情况偶然的情况才会。但就算如此，我心里早有一种根本的东西已经消失。这个东西一旦消失什么就都变了，我越来越相信黑洞，习惯黑洞，成为黑洞的一部分。"[②]

第一段话是杜远方逃难期间和敏芬的一次对话，第二段话是杜远方在监狱中和叙述者"我"之间的一次对话。这两段对话虽然处于不同的语境中，却有着高度的相似性：它们更像是一个非日常的表演性的自我言说，而非一种口语式的日常对话。正是这种表演性让很多读者认为这些对话看

[①] 宁肯：《三个三重奏》，北京十月文艺出版社2014年版，第57—58页。
[②] 宁肯：《三个三重奏》，北京十月文艺出版社2014年版，第153页。

起来有些"假"。而我恰好认为，正是这种"假"构成了一种我称之为人物的"古代性"的东西，如果加上杜远方等人物在小说中凝滞的思想、带有雕塑感的塑形、动作等，这种古代性似乎就更明显了。古代性在此指的是一种以阻隔现代时间性叙述的叙述方式，它间离了人物、环境和所谓现实的一致性，它让我们意识到，这是小说和艺术，这是审美，它远离并高于日常生活。

这些正是宁肯的"形式主义"的结果，他发明了一种新的人性，或者说，通过其独特的叙述方式超越了他的题材，将一个普通甚至庸俗的题材创造为一个有难度和复杂的小说。杜远方和居延泽他们不仅仅与现实对位，更重要的是，他们与一种更丰富和更复杂的人性对位。这一点宁肯有着清晰的自我认知。在小说第八节的第一个注释中，有这么一段叙述：

> 我把杜远方、敏芬、居延泽、巽，包括即将出场的李离他们放置在图书馆中，他们在现实中是单一的，有着现实的严格的规定性，但在图书馆里他们则是立体的，他们因为成了世界整体的一部分，而更接近他们本人。事实上无论活着的人，死去的人，到了我的图书馆都获得了新生，他们不再仅仅是他们自己，而成为灵魂的共同体。①

不是"现实中的人"规定"文本中的人"，而恰好颠倒过来，是"文本中的人"——那些与古代性共生的现代人，那些灵魂的共同体——创造了"现实中的人"，与此同时，它也就创造了新的人性和新的现实性。

三、注释的审判

该谈到注释了。上面引用的那段话就来自《三个三重奏》中的一个注释，该注释在第八节和第九节之间，近八千字。如果没有这个注释会怎么样？首先可以确定的是，没有这个注释，我们对于《三个三重奏》的

---

① 宁肯：《三个三重奏》，北京十月文艺出版社2014年版，第70—71页。

理解将会大打折扣。正是通过这个注释，我们了解到了叙述者对现实、人物和艺术的深刻理解，这个理解会引导那些有意识的读者更深入地进入小说世界中去。读者也许会不同意这种过于炫技的做法，但事实是，不论你同意与否，当这种注释的形式呈现在我们面前时，阐释和接受的方式确实发生了明确的变化。就阐释来说，经典的模式是先有作品，然后有阐释，但宁肯的这种注释式的文本将作品与阐释同步化了。作品先诞生，而后有注释，由注释而经典化，只不过往往是别人注释它，而宁肯的作品从一开始就自己注释自己了，我们以后不仅要注释宁肯的作品，而且我们要对宁肯的注释进行注释。这是一种对经典阐释的戏仿，还是一种现代性的时间焦虑？这一点我不太确定。但可以确定的一点是，这是一种新的小说叙述的方式，当叙述者一分为三——作者、叙述者和阐释者——的时候，一种更复杂的小说诞生了。而读者，要么你甘心承认自己智力平庸而拒绝阅读，要么你不得不调动自己更多的智力和经验来和这三位一体的叙述者打交道，并在这个过程中加深对自我和世界的认知。这不正是布鲁姆所期待的现代小说吗？

宁肯说："小说有了'注释'，这不是一个简单的事情，小说可以像电影那样叙事，编剧、导演、角色都可参与进来，小说的疆土扩大了多少？"诚哉斯言！在《三个三重奏》这部小说中，注释不仅仅是正文的延伸、注脚、阐释或者说是一个如电影的"画外音"式的东西，这些注释因为其密度、长度和叙述的逻辑、语气而直接构成了一个文本，在这个意义上，它和正文是并列式的存在。这里需要追问的是，这一并列式的"注释文本"与正文构成了一种什么样的关系？回答这个问题，需要首先讨论一个更重要的问题，那就是这部小说的历史意识。

陈晓明认为西方的现代小说有三大支撑点：政治、宗教、哲学，中国现代小说这三点都缺失，但有历史。[①]我同意这一观点。《三个三重奏》诚然有政治、宗教、哲学等元素，但其最后重心还是落于历史。这是中国作家的长处还是局限？如果没有逻各斯，没有宗教、政治和哲学来结构的

[①] 陈晓明在宁肯《三个三重奏》研讨会上的发言。2014年10月22日，中国人民大学。

话，那么小说——尤其是长篇小说仅仅通过历史能够演绎出什么样的小说美学？这个大问题暂且搁置，在宁肯这里，他确实非常有意识地回到了历史，具体来说是80年代的历史。我稍有疑问的是，为什么每次都要回到80年代的历史？可不可以不回到80年代的历史？也许是因为80年代对宁肯这一代人很重要（比如格非在《春尽江南》里也回到了80年代）。但无论如何，小说的历史意识由此得到了非常感性的呈现，一种历史意识是杜远方和居延泽这一类人的，人和历史同步，他们和历史没有疏离，完全投身于历史，正如杨修在日记中所言"历史是什么他就是什么，"这些人奋不顾身地和历史同步、同构，结果最后被历史吞噬了。为什么会这样？这是一代人的悲哀，可能也是我们今天反思的起点。

　　另一种历史意识是叙述者"我"的，他远离历史的现场，不和历史同构，结果他找到的是什么？镜子和书，而且很多书是他根本就读不懂的。这是一个有意思的隐喻，当我们不去和历史进行对话的时候，当我们自以为有自己的一亩三分地的时候，就像周作人有所谓的自己的园地、就像博尔赫斯有自己的图书馆一样，我们发现只是找到了一个镜子，镜子里有的，不过是镜像和影子。这其实重新回到了中国现代的起源性的命题，当政统、道统和文统所建构的各种共同体坍塌之后，个人在历史中如何自处，个人如何在时空里面建构主体和自我意识？今天看来，似乎所有的路都失败了，正如青年作家弋舟的一篇小说标题，这是"所有路的尽头"。到了"所有路的尽头"怎么办？与历史同构有错吗？做历史的旁观者有错吗？都不清楚，是历史中的人出了问题还是历史出了问题？具体来说就是，是不是时代性自身——在现代这一时代性被称为现代性——出了问题？托马斯·曼在《魔山》里借博士之口说：我们这个时代的准则不是自我完成和自我解放，从文艺复兴以来我们以为这一准则是自我完成和自我解放，不是，是——恐怖。

　　这是一部在表面的平静中深埋着恐怖的小说：杜远方的恐怖、居延泽的恐怖、黑暗之心和白色审讯室的恐怖。宁肯意识到了在这庸常的腐败中的恐怖，恐怖不是死亡或者即将死亡，恐怖是有的人已经成为死魂灵而并不自知，或者心甘情愿地生活在黑洞的中心，并构成历史吞噬机制的一部分。

在这个意义上，宁肯书写的不是三重奏，而是三重审判：

第一重是，世俗机制对杜远方和居延泽的审判，因为他们违背并损害了一部分人的利益；这一部分人被叙述者命名为"系统"。

第二重是，以杜远方和居延泽等为代表的"当代英雄"对自我的审判，因为他们践踏了人性高贵的道德律令，在任何时候，对这些高贵之物的蔑视终遭惩罚。

第三重，通过注释所呈现的另外一重历史空间，它对历史本身提出了质疑和审判，生活在历史中的人、事物和观念，无论是与历史同构者还是与历史间离者，都要被审判。这是重要的一重，而更重要的是，没有一个最高的上帝或者最高的善来审判这一切，唯有通过我们自己。正如宁肯用注释来审判正文一样，我们用自己的一部分来审判自己。

无须问路，迈开这一步，已是文学的胜利。

2014 年 12 月 10 日初稿
2014 年 12 月 12 日改定

杨庆祥

创伤及其所创造的
—— 评张翎的《归海》

　　大概是在 2004 年，那时候村上春树在全世界走红，我读到了《海边的卡夫卡》的中译本，我一方面为村上娴熟的叙事能力和精湛的故事编织而惊叹，另一方面却总有点疙疙瘩瘩的感觉。这个感觉来自小说结尾中对两个日本侵华老兵的书写，他们在森林里迷路了，并且做了一个梦……村上春树以一种很现代派的手法将这个梦做了高度形式化因此也暧昧化的处理。但对一个中国的读者来说，我当时的第一反应是，我需要一个明确的道德态度——也就是谴责日本的军国主义以及由此带给中国人民（及其他东亚各国人民）的伤害——这些伤害不能被轻易原谅。后来我读到了日本批评家小森阳一对《海边的卡夫卡》的严厉批评，其立足点，也是我思考的出发点——历史的罪不能被轻易地"去罪化"，尤其是涉及侵华战争这样的历史事件。

　　我们知道，在中国的历史叙事中，抗战构成了 20 世纪历史叙事重要的一环，它指向多重的维度：世界反法西斯战场的重要组成部分；积弱积贫的中华民族团结一致共御外侮；新的民族国家在战争中浴火重生等等。在这样一种叙事中，胜利叙事占了上风——确实，这是近代以来中华民族的一次伟大胜利，它的意义无以复加。但在另外一个维度上，这一叙事也遮蔽了大量的创伤。在另外一个叙事维度上，正如阿多诺所断言"奥斯威辛之后，写诗是野蛮的"——这决断而痛切的话语提醒我们，并非不能写诗，而是，什么样的诗才能写出那种创伤的深度和强度？战争就是一台疯狂的机器，它不仅带来杀戮、死亡和恐怖，同时还通过集中营、慰安妇、大屠杀等形式将人性最大限度地"恶魔化"。在当代汉语关于抗战的叙事中，也一直存在着两种叙事维度，一种叙事维度指向宏大价值，强调这一战争的独特性以及给民族国家带来的蜕变和重生，它与新民族国家的建立互为印证，构成了一种主流叙事。另一种叙事维度则兴起于1980年代中后期，它更关注战争的通约性，也就是战争给普通人带来的灾难和伤害。这一叙事在1990年代以来的"个人主体"和"微观史学"的历史语境中发展壮大并涌现出一批有价值的作品，其中，又以几位海外华人作家的写作引人瞩目，如哈金的《南京安魂曲》，严歌苓的《金陵十三钗》《小姨多鹤》等。旅居加拿大的作家张翎的最新长篇小说《归海》也可以归入这一谱系。

《归海》从女儿寓居加拿大的中年女性袁凤的视角出发，探寻其母亲袁春雨的一生，洋洋二十万字，从1940年代一直写到21世纪，历时近七十年，串联起了抗日战争、新中国成立、抗美援朝、"文革"等中国当代史的重要历史事件，塑造了袁春雨、袁春梅、王二娃、袁凤、孟龙等一系列人物形象，富有表现力地书写了战争的创伤以及人对这一创伤的克服和超越。在我看来，这部作品既延续了张翎细腻沉稳的写实主义风格，又在形式和内容上有了突破和深化。

从写作的主题来说，创伤一直是张翎关注的重点，在《余震》这一名篇中，通过"救与不救"这一两难的选择，她将大灾难给人带来的创伤书写得感人肺腑，依据这部作品改编的电影一度在中国引起轰动。张翎擅长将创伤与亲密关系捆绑在一起叙述，这一亲密关系往往又集中于家庭内部。在《归海》中，几组亲密关系都陷入创伤的深渊：袁春雨和王二娃夫妇；袁春雨和袁春梅姐妹；袁春雨和袁凤母女。随着小说的陈述，读者们慢慢意识到，这一创伤的深渊指向一段主人公不堪承受的历史，那就是袁春雨和袁春梅曾经被日军胁迫，经历过人间地狱一般的非人侮辱。这一核心创伤引发了后面的一系列创伤，这同样也是故事的核心，它被设置为一个秘密，在讲述中被抽丝剥茧地呈现，当这一秘密大白之时，小说的叙事动力也戛然而止，但创伤的强度和力度也由此达到了一个高点。

21世纪以来，关于创伤书写的理论不胜繁多，其中重要的一个问题是，创伤书写的道德限度在哪里？这也是阿多诺那句决断之语带来的质问。一个幸存者，在何种意义上才能真正感受到那种未曾也无法"亲身"体会过的创伤，并将这种创伤用语言真诚而不是景观化地呈现出来。消费苦难和创伤一度也是小说的痼疾。这个理论问题并没有确切的答案。但对于小说家来说，这是必须思考的问题。在我看来，这是对小说家创造力的考验，小说家需要用不断创新的形式去逼近创伤，去发现而不仅仅是再现历史，在震惊、理解和吸纳的基础上创造出一种有效的形式和语法。这就是张翎在《归海》里所做的工作。《归海》没有采用平铺直叙的方式，而是使用了双线的结构，一条线索是袁凤和她的丈夫乔治的通信，另外一条线索是袁凤自己书写的以其母亲为对象的文学作品。通过这两条线索的交叉并置，母亲的创伤故事被置于一种跨文化的视野里得到观察和认知——这是中国（创伤）故事世界化的前提。也是在这个意义上，创伤溢出了民族国家的边界，变成了对人性的拷问和救赎。我觉得这是《归海》的一个突出贡献，只有不断地尝试新的叙事方式和新的表达风格，才能一步步逼近创伤的内核，对创伤叙事来说，艺术的伦理就是道德的伦理。

  小说中借助乔治之口提出了"战争溢出物"这一概念，在乔治看来："战争是固体，气体，也是液体。战争不停地产生溢出物，就像那些万吨海轮在大洋中溢出来的石油，一路漂浮到远方，沥青般地染黑太阳、苇草和飞鸟的翅膀。阿依莎，她死去的母亲，她尚未出生的孩子，她那位也是表兄的丈夫，都在逃离这样的溢出物。而他和菲妮丝，却是清理溢出物的人。他在他的诊所，她在她的教室。洗涤。洗涤。洗涤。他们清洗创伤，也感染创伤。"书写就是记忆，书写就是清理，更好的书写就是更好的记忆和清理，同时也是救赎和超脱，并最终获得真正的自由，这或许就是《归海》的写作诉求："无论叫什么名字，无论成为什么形状，骨子深处，它就是水。水在一个岔口分了道，又会在另一个岔口汇拢，总能彼此寻见，相互连接。水永远也不会真正消亡。水永远自由。"

2023 年 7 月 4 日

穿过爱的峡谷

——读唐颖的《上东城晚宴》

初读《上东城晚宴》的开头,我就心头一惊。女主角里约经过朋友介绍参加"于连"的晚宴,她跟"于连"其实并不熟,去了之后发现是一个豪华高档的住宅区。她是刚刚从上海到纽约的外来姑娘,当她进入那么一个豪华的高门大院时,非常紧张。她进去脱下外套,在一刹那间感觉到男主人非常犀利的眼神穿过人群盯着她,她心跳了一下。读到这里的时候,我也心跳了一下。我知道这个男人和这个女人之间一定会燃起爱欲的烈火,我很期待其是怎么燃烧、怎么毁灭的。有两种情况,一种是猛烈地燃烧,然后熄灭,还有一种是最后无法控制,彼此毁灭。这个故事会不会变成毁灭的故事,我那时不太清楚,但是我很紧张。

一

我从里约身上看到了我自己,在"于连"这个男人身上也看到了我自己,都是对这个世界有强烈欲望的人,有时候我们不太愿意把这个欲望描述出来。可能会有一些观念引导大家去追求现实安稳、岁月静好,要控制自己的欲望,要多读书,做一个有追求的人。但对某些人而言,其人生最本质性的东西就是欲望,攫取更多的东西,要在最短的时间内实现利润最大化。比如说女孩子想趁年轻的时候嫁一个好人家,男孩子希望在三十岁或者四十岁之前在这个世界找到自己的位置。"于连"找到了,大家认为他是成功者,大部分人找不到,他们就是失败者。

小说以里约跟"于连"的相遇为开始，非常精彩，是非常有意味的一个开始。我并不是很喜欢男主角"于连"，为什么？因为他活得特别正确。他这种正确的人，恰恰是许多人的偶像。我觉得特别不安，"于连"是整个纽约华人圈的偶像，大家都觉得他特别成功，他的婚姻很成功，他的事业很成功，他有一个非常好的家庭，有一个非常爱他的、支持他的夫人。同时他特别有男性的魅力，和很多女性发生关系，他又掌控得特别好。比如里约爱上了他，他跟里约发生了婚外情，但是他又将这段关系控制在不至于触犯他自己利益的范围之内。"于连"这个外号自然就会让我们想到司汤达的名著《红与黑》，这个时代的"于连"跟那个时代的于连还是不一样的。这个"于连"是一个资本高度成熟时代精确计算的人，这个人能把每一步都算得特别清楚，他太知道自己想要什么了。他的目标就是把所有的好处都要拿在手里面。

他在小说里面的身份是一个很成功的艺术家。这种成功恰恰证明了资本时代美学的失败，这样一个人成为艺术家，一个用计算安排自己的人生、安排自己爱人的人，居然成为艺术家，他的艺术品会传达出来什么？我很奇怪。凡·高这些人不是活在计算里面，这难道是一个隐喻吗？未来的时代，你想成为一个艺术家、一个成功的人，首先要成为"于连"这样的人？这是非常可怕的。

高更最后跑到荒郊野外，跟异族的女子在一起，才创作出名作。凡·高爱上妓女，把耳朵割下来，在我们看来是一个疯子。"于连"不会做这些事情，不会因为激情而跟里约达到另外一个状态，没有。他一直活在计算之中。

相对而言，里约是稍微失控一点，但这种失控依然是在一个非常安全的范围之内，而且，通俗来讲，她一直有"备胎"的。她在纽约待不下去了，可以回到上海。她被"于连"冷落了以后，就会去找高原，高原是很安全的"备胎"。

用一句话形容小说里的人物，他们是活在严密的资本链条上的人，他们太清楚资本对他们来说意味着什么。

二

里约为什么对"于连"如此有激情？小说里面有一句话透露了玄机："女人结婚以后可能就没有性生活了。"但是当她看到"于连"之后，一下子就燃烧起来了。仅仅是身体和感性被点燃吗？为什么会被点燃？里约究竟是被一个男人点燃的，还是被资本点燃的？"于连"所有的一切都是跟资本分不开的，这是这个小说背后涉及的隐秘原则，所有的快感，身体、心理的快感都有背后的逻辑和社会的内容。一个人只有在很懵懂的时候才会被身体吸引，而小说里的"于连"、里约都已经快四十岁了，不会被纯粹的身体吸引。这也是这部小说特别有意思的地方。

我觉得现在好多事情越来越复杂，即使在日常生活中也是如此，比如说爱的问题。可能在久远的以前，因为日常生活没有那么复杂、没有被资本化，亲密关系相对比较单纯。但是现在我们在处理爱这个问题上，显得很犹豫、很踌躇，因为我们分不清这个爱里面包含多少东西。

王安忆的"三恋"系列，也写人基本的欲望。爱恋发生的地方，基本上是非社会化的空间，在那里性和爱很容易辨别的，荒山里就一个男人一个女人，没有别的了。唐颖要处理的问题复杂多了，因为很多东西无法拒绝社会化，不可能在完全隔绝的状态下爱一个人、开始一段亲密的关系。晚宴特别重要，各色人等纷纷登台，形成一个社会的网络，网络中的人会面临各种诱惑、选择。这个社会很自由，日常生活很自由。但是，同时对心灵和理智的要求很高，你怎样去选择？根据自己的爱去选择，根据自己的利益去选择，还是根据自己的无意识去选择？

从这个意义上说，我们的日常生活变得更严峻了，因为选择稍有不慎可能会导致坍塌、崩溃。"于连"这个人很有意思，他让我不禁想到了"半人半兽"这个词，现代人的痛苦在于丧失了动物式的直接性，"于连"可以非常直接地追逐里约，他觉得里约就是一个猎物，这是一种动物性或者说兽性。在"于连"身上有半人半兽的东西，一方面他高度自律，另外一方面他很直接。

人性里面有特别复杂的东西。里约这样一个接受了现代教育的人，又生活在一个商业与资本高度发达的城市里，迂回辗转的爱可能不能打动她，而一个人像兽一样扑过来，她会有反应。许多人表面温文尔雅，很绅士，很淑女，但没有力量。一个男性那么直接的时候，这就是激情燃烧的时候了。这是特别反讽的。

我在给我的研究生们的毕业赠言中写过一句话：要舍得爱一个人。"于连"有一个问题，他还不够直接，对于爱这个问题，他最终还是算计得很好。但是他直接的时候，也是他最有魅力的时候，也是最能打动里约的时候。他之所以讨女孩子欢心，就是因为这种有穿透力的直接，一个人在生活中如果有这种爆发，他一定会有性感力。即使我们不年轻，即使我们千疮百孔，即使我们被众多的关系束缚，我们依然能穿越这些东西，抵达人性的幽深之处。

三

我们的生活中一定有不顾一切、向死而生的时刻，什么都不要什么都不管，就要爱就要恨，这种非常极端的情绪和行为正是洗涤我们生命的东西。人类生生不息，不是因为人类会计算，而是因为人类会不顾一切，可以牺牲，可以放弃，甚至放弃自我。

我们有时候特别短视，我们对于自我的认知很短视，以为自我就是自己，其实不是这样的，有一个更开阔的自我。现在人越来越缺少一种体验，那就是在极端地爱别人的经验里寻找自我，同时获得重生。

里约其实有一次不顾一切的爱恋，她以前的婚姻是算计的产物，想着嫁一个人一起搭伙过日子，想到对方的经济。相亲就是这样，要算计年龄、有没有疾病、家庭怎么样、月收入多少等问题，是一个完全社会学意义上的交易。人的本性是反抗这种交易的。不顾一切的爱不是妄图改变他人，是升华你自己，让自己更加像神，接近神圣的状态。现代生活中常提到的瑜伽，本意是结合，但是这种结合不是现实中的男女结合，而是通过你的锻炼冥想，跟神圣的东西结合。这是人高贵的地方，会为别人付出，懂得爱。

我爱你，不是因为想得到什么回报，而是因为这份爱愉悦了我自己，也提高了我自己。这是现在特别稀缺的情感，因为人们把成功学的那一套带入了情感生活，所以我们的情感生活变得套路化。

  人还有共理心，能够感受到别人的爱和别人的痛苦，这也是人和动物非常大的区别，佛家讲的有共心。念念不忘必有回想，过程本身就是结果。不能一上来就奔着结果，奔着繁衍去。我们需要爱的教育，这一点上我们是不现代的。

  《上东城晚宴》中对性和爱关系的处理上，试图上升到关于性的哲学、爱的哲学、性爱的哲学这一层面，并从中抽离出普遍的认知。

  法国哲学家巴迪欧曾在《爱的多重奏》中谈到，爱就是合二为一，真正的爱就是两个人合一，彼此通过对方能更好地实现自我。最后那个"一"可能会生成新的，比如说一个小孩，或者其他的新生，这是爱的哲学。

  理想中的爱，一方面有深刻的痛苦，一方面有日常的甜蜜，它们是纠缠在一起的。海子的诗中写道："总是有寂寞的时候，总是有痛苦的时候，总是有孤独的时候，总是有幸福的时候"，爱情也是一样。这种日常的甜蜜不是假象，有的甜蜜是假象。在非常痛苦的关系里面，穿越痛苦找到的甜蜜，才是真正的好东西。

2017 年 9 月 19 日改定

重建农村题材小说的总体性视野
——从贺享雍的"乡村志"谈起

一

对中国农村和农民的书写,一直是当代文学的重要板块。这一板块的重要性还不仅仅在于一种艺术形式或者文学题材上的优先权——自延安讲话以来,关于"工农兵"的写作在题材的等级上已经高人一等,更重要的是政治意义,对农村和农民的书写是当代政治重要的组成部分。当代政治实践要求将农民和农村不是作为景观和奇观,而是作为"政治实践"最核心的"试验田"来检验"政治实践"的成败得失。自1940年代以来的众多农村题材小说,如周立波的《暴风骤雨》、丁玲的《太阳照在桑干河上》、赵树理的《小二黑结婚》和后来的《三里湾》,再到柳青的巨著《创业史》,还有周克芹的《许茂和他的女儿们》等,无不可以放在这个谱系中来进行讨论。这里面的每一位作家都具有某种共同的症候性,他们用一种"改造"过的先进的世界观和价值观去书写农村和农民,但又总是感觉这种"先进性"被农村内部暗藏的秩序和规则所改造。宏观的视野要求他们写出历史的趋势,而微观的生活又将他们阻断、分隔并形成一种艺术上的停滞。这里面的代表,比如赵树理,最终选择了尊重微观的生活,将自己和自己的作品定位为"地摊作家"和"问题小说",正是两难抉择后的自觉定位。赵树理之后,柳青面临的同样是这样的问题,梁三老汉代表的是微观而具体的生活,而梁生宝代表的更多是一种理念和宏观的可能性。是梁生宝写得好还是梁三老汉写得好?这个问题表面上看起来是个艺术问题，背后其实是个政治美学的问题。也就是说，政治美学落实于具体的人物形象，并在艺术的层面提供一种象征性的方案。这方案本身是矛盾的。这种矛盾性一直延续到了1980年代，路遥的写作可以说集中体现了这一点。在《人生》里，这种矛盾还没有凸显，因为《人生》还基本上是在微观的层面来处理农村和农民故事，但是在路遥的"野心"之作《平凡的世界》里，当他试图"全景式地"描绘中国农村改革的"史诗"的时候，这种症候立即幽灵一般地重现了。我曾经以为这是"宏大叙事"——在艺术形式上以所谓的"现实主义"为名——最后的冲动实践，同时也为此感到遗憾。当微观的生活彻底战胜宏观的视野，并最终将中国农村和农民彻底奇观化之后，我们的写作是否丧失了什么重要的东西？

二

当我们将贺享雍的写作放在中国当代文学写作的谱系中来看，稍有文学史训练的人会立即意识到这一写作所具有的症候性和历史感。根据相关介绍，贺享雍的系列长篇小说"乡村志""反映改革开放以来，中国农村社会所经历的转型之痛和巨大变迁，全书约三百万字，涉及农村土地、村庄政治、民主法制、教育卫生、新型乡村关系、婚姻家庭、生育养老、打工创业等诸多领域，是新时期以来第一部全方位、多角度地描写中国农村和农民生活的力作"。从目前碎片化的书写语境来看，我们也许会认为贺享雍是一位"不合时宜"的作家，这特别像1980年代对路遥的认知，在1980年代"先锋文学"的语境中，路遥的那种"现实主义"写作被认为是落后且不合时宜的写作。如今过了三十多年，贺享雍以其农民式的固执继承了这一"不合时宜"的传统，并在体量上将其推向了一个极致。

对于贺享雍的这一选择和创作，我个人对其充满敬意。在我看来，近三十年中国农村变化之巨大、之深刻、之复杂，需要有大部头的著作来予以艺术的记录和表达，而在路遥之后，我们迟迟看不到这样的作品。贺享雍的存在和选择，以及"乡村志"系列长篇的出现，又恰恰是"合时宜"的，甚至可以说是历史势能运行的必然结果。贺享雍出生于1954年，路遥出生于1949年，从时间上看，他们是同代人。我不知道贺享雍是怎么评价路遥的作品的,至少在我看来,他们有一些共同的情感结构,他们都对中国农村和中国农民抱有一种朴素的热爱,他们在写作伦理上具有一种强烈的自我身份认同——他们将自己视作其写作对象的一分子,而不是居高临下,他们试图在总体性中观察微观的变化,又通过微观的书写来折射历史的"规律",他们都怀有一种现代的进步论和乐观主义的信念,这使得他们的作品朴素、干净且有一种明亮的底色。这一情感结构——我称之为"共和国的情感结构",最早可以追溯到赵树理,经"三红一创"而至路遥,每当我们以为它要消失的时候,它又倔强地生长出来。这一次,他生长为贺享雍所书写的贺家湾的一草一木、一物一人。

三

想追问一个问题,贺享雍的作品解决了当代农村题材小说写作的内在困境了吗? 1950年代柳青的《创业史》没有解决这个问题,他关于农村历史的未来走向受制于1950年代的意识形态,合作化被视为唯一的道路。1960年代赵树理的《锻炼锻炼》不但在方向上受到后来者的质疑,其所塑造的"正面人物"也遭到了否定;1980年代的路遥同样没有很好地解决这个问题,他的《平凡的世界》在一些批评家看来充满了说教和理念,观念性大于形象性——虽然在我看来,这种总体式的观念是如此不可或缺。那么贺享雍呢?

不知道是出于自觉还是不自觉,"乡村志"至少在以下几个方面呈现了不一般的处理方式。第一,贺享雍充分认识到了中国农村和农民的历史负担,这一负担,不仅仅是当代史所遗留的"历史问题"——这一点在1980年代农村题材的小说中已经被反复书写了——更重要的是,这是由宗法、血缘和文化所组合而成的更内在的历史负担,这一负担构成了"人——土地"之间爱憎交织的情绪。《乡村志·土地之痒》的书名形象地体现了这一点,对土地不仅仅是爱,或者说,在新的历史语境中,这种"爱"具有更多的表现特征,它与土地的产出和利润等联系起来了,土地依然是一部分人的信仰,但是在另外一部分人心中,它已经失去其宗教意义。第二,与第一点密切相关的,贺享雍是在非常严格的动态的时势中去理解中国当代的农村和农民,也就是说,他并没有刻意地提供一种"原始的想象"(沈从文的希腊小庙就是这种原始想象),而是从当下来理解当下,这使得其作品的问题意识非常尖锐,并有一种照相式的及时性,比如《乡村志·民意是天》写的乡村选举,几乎与当下现实同步。第三,在这个意义上,"乡村志"系列超越了1990年代以来流行的关于对农村的"风俗化"和"景观化"的书写,上升到了一种政治经济学的高度。如果说"乡村志"有一条内在的线索,这一政治经济学的结构就是其内在线索,通过这一结构,从历史和现实的两个层面呈现了中国农村变革的复杂性。第四,如果说上述几点构成了"乡村志"的总体性结构和宏观叙事的视野,那么,在这一整体性结构之中,贺享雍用一种近乎显微镜的方式来微观地呈现着农村和农民的生活、环境和气息,这种描写是如此成功——对农村生活稍熟悉的读者都可以很快捕捉到这种生动而具体的气息——在当下的作家里,拥有着这样扎实的生活经验和写实功夫的人可以说罕见。第五,但同时矛盾的是,这种写实又导致了一种反作用力:在一系列的场景、细节和人物脸谱中稀释了那种总体性的结构和视野,使得我们又产生了一种错觉,这一错觉导致的后果是,我们可能会在艺术的层面上来肯定"乡村志"系列的扎实和出色,但会在历史化的层面上对其问题症候和政治美学保持犹豫。这一两难的处境还会持续很长一段时间。

  对于我来说,贺享雍的作品振奋了我对当下写作的信心;对于贺享雍来说,他在一个不合时宜的时刻提供了一种非常合时的作品,当然他需要更多的机缘才能确证其历史意义;而对于写作来说,一切只能留待时间那严峻的法官去检视。

2018 年 1 月 4 日

分身术与历史隐喻

——评黄怒波的《珠峰海螺》

在珠穆拉玛8750米的高度,风雪大作,我们小说的主人公——英甫,他的一侧是悬崖,另一侧是以前遇难者的尸体,他在挣扎中渐渐陷入一种幻觉:"我"是谁?"我"怎么身在此处?——而在数千公里之外的北京,围绕着他的传言正激荡起一出大戏。这就是黄怒波《珠峰海螺》的开篇。在我的阅读印象中,黄怒波是一位诗人,但这部小说仅仅是开头的这一章,就已经证明他同样是一位地道的小说家。小说以生死一线的悬念布景,几处简笔就将环境的恶劣、生命的挣扎呈现在读者面前。一般来说,诗人写小说都偏于空灵,难以把握人物的性格和生活的实感,但是,黄怒波通过简洁的对话就能够将人物的性格赋形,英甫、加措、罗布、埃瑞克等一色人等跃然纸上。一部好小说的标准之一是,即使是一个不起眼的非主要角色也能够通过其行动和语言获得其生命感。在这一点上,《珠峰海螺》堪称出色,小说中出现的大大小小几十个人物,各有其态,各有其言,各有其行。尤其值得注意的是,黄怒波不仅仅善于操作叙事语言,更善于写对话。当代文学写作的一个普遍症候性问题是,作家们往往写不好对话,有批评家指出其原因之一在于中国当代小说家往往不写戏剧,因此写对话的能力普遍偏弱。诚如斯言,则《珠峰海螺》中的对话实际上与小说的戏剧性有密切关系,在我的阅读观感中,《珠峰海螺》正是一部具有强烈戏剧性的小说,其起承转合、分散离聚无一不是在强烈的冲突和矛盾中展开,人生如戏,小说不过是这幕大戏的载体之一。

这幕大戏有着丰富复杂的现实内容和隐晦明灭的历史隐喻。我们不要忘记黄怒波的另外一个身份,他是中国改革历史上著名的"92派"中的一员,在1990年代中国的社会转型中获得了其独有的身份和资本,并以此活跃在21世纪的历史舞台之上。我在2020年完成的一篇长文《90年代断代》中曾经指出,要理解21世纪以来的中国和世界,1990年代是一个关键的历史节点。黄怒波这一代人,正是1990年代起步的弄潮儿。我也曾经有另外一个判断,要深入地理解中国的当代史,目光不仅仅要向下,同时也要向上。"下"指的是对社会底层的观察和研究,"上"指的是对社会精英阶层的透视和书写。只有在"上下"的互动和互文中,才能见到一个完整的历史过程。21世纪以来,中国当代写作在"向下"的层面做出了很多探索,贡献了一批优秀的作品。但是在"向上"的书写方面却相对薄弱,其原因之一,在于大部分的作家都缺乏类似的生活经验和生命阅历。在这个意义上,黄怒波的《珠峰海螺》、阎志的《武汉之恋》等作品的出现填补了这一空缺,对当代史的书写地图进行了填补和扩充。

作为深谙文学之道的诗人、作家,黄怒波当然不会以小说的方式去图解既定的概念,而是将多种叙事类型结构为一体,力图丰富、立体、深入地展示当代史的风起云涌。在《珠峰海螺》里,作者和叙事者都充分发挥了分身的功能,从不同的角度展开了对大历史的讲述。它首先具有探险小说的元素。《珠峰海螺》的一条叙事线索是围绕英甫攀登珠峰、遇险、救援而展开。这一部分的叙事具有明显的探险小说的风格,主人公被置于某种危险的境地,然后通过种种的努力(自救或他救)来完成历险。典型化的探险小说往往会夸大故事和人物的传奇色彩,有时候不免流于通俗。但黄怒波显然不想局限于此,他努力追求的是在这一行为过程中人性的幽微复杂,探险只是生命展开方式的一种,对生命本身的思考才是黄怒波的重心。与攀登珠峰紧密相关的,是另外一条叙事主线,围绕"东方梦都"这一超级工程所展开的商业博弈。从这个角度看,这部小说又带有一点商战小说的色彩。从故事性的角度看,这一部分明枪暗箭、阳谋阴谋、牛鬼蛇神轮番登场,其中有一段写英甫摆下鸿门宴,一一揭穿公司一干人等的丑恶嘴脸,可谓精彩!如果搬上银幕肯定是一部扣人心弦的商战大剧。与此相关的是,权力与资本的运作在这样的叙事类型里不可或缺,"东方梦都"牵涉多个利益相关方:经营方、资本方、施工方……在这多重利益的博弈战中，齐延年和吴铁兵的对手戏最为核心。这一核心体现在三个方面：第一，在这场利益大战中，这两人起到了重要的幕后推手作用，实际上，这两者直接决定了这场"战争"的走向。第二，这两者的介入非常具体现实地揭示出了当下复杂的社会政治环境，各方的介入，使得当代历史的发展充满了复杂性和可变性，这对英甫这样有担当的企业家提出了挑战。第三，这两者的故事将小说的时间线索推向了历史深处，他们与女同学之间的情仇爱恨带有典型的1980年代"伤痕文学"的模式，如此一来，当下的行为在历史的深处找到了它的精神和心理起源，1960年代和2000年代就这样戏剧性地黏合在了一起。第三点我以为至关重要，使得《珠峰海螺》的现实书写具有了纵深感和历史意识。

有一点探险，有一点商战，有一点反腐，还有一点伤痕，同时还有反思、治愈和救赎——既是英甫这一代人的救赎，也是乔延年、吴铁兵那一代人的救赎。但又全部没有局限于这些类型，这就是《珠峰海螺》的分身术，它对这些不同类型的借鉴，是为了完成一部更具有综合性的作品。这部作品，不仅仅是要传奇地展示故事和人物，而是要通过这些故事和人物，展示历史意识和个人意识之间的互动生成。1990年代以来中国的变迁构成了历史意识的主体，1990年代以来千万个英甫这样的中国人构成了个人意识的主体，历史意识和个人意识之间的交锋、合谋、汇流、分裂构成了这几十年最壮烈的景观。在英甫的身上，我们可以看到现代以来一系列文学人物的幽灵：吴荪甫、李向南、乔光朴……与这些人物或毁灭或黯然退场不同的是，英甫有着敏感的生命意识，他觉知到了某种神秘的力量，这一力量甚至高于历史和自我，也高于生命意识本身。在珠峰的风雪和云彩里，在海螺的呜咽和悠扬中，在边民的恳切和单纯里，我们的主人公捕捉到了这种力量，他由此脱胎换骨，在更新自我的同时也获得了与世界建立关联的新模式。

2021 年 8 月 22 日

重新发现老村

我是迟至最近几个月,才知道老村这个作家的存在。开始也没有太注意,后来读了他的《骚土》,很是惊讶,又见了老村本人,了解到这部作品在1980年代中期就开始孕育了,写了十年,在90年代初出版,成为当年的畅销书,一晃已经快二十年了。这让我感慨,1980年代中期,那是路遥、贾平凹、莫言开始登上文坛并引领一代写作风尚的时候,而同为陕西作家的老村,此时正在默默地构思并写作一部"非时代性"的作品。在多少年后,这些同路人已然成为文学史和当代文坛的经典,而老村,却依然在世界的边缘,寂寞于自己的精神持守,在丹青和文学中寄托独有的精神之河。城头变换了多少次大王旗,新人旧人,有没有人问一句,老村兄,别来无恙?

还好,公平的天秤总是存在。在作品中,在字里行间,在一笔一画的用心之处,作品最终会代替作家发声,质地的好坏、品格的高低、洞察的深浅,作品发出自己的声音,自信而不妥协。后来的阅读者会找到这些声音,知道原来文学的正义,其实如此简单。

老村这些年的作品,有《骚土》《撒谎》《黑脎》《妖精》等长篇数部,另有《吾命如此》等随笔两部。

《骚土》从"从公元1966年冬至写起",到小说结尾处邓连山自缢身亡,是"公元1969年冬天某日",这三年,对应的历史事件,正是中国的"文革"。《骚土》用的是侧面描写的方法,写一个小村庄三年的人事变迁。历史被落实到具体的生活琐碎中,这种写法,在2011年贾平凹的《古炉》中，再次出现。但更有意思的地方在于，老村拒绝使用一种高度道德化的现代叙述视角，而采用了一种相对自由、活泼的说书人的视角。他在小说的开篇采用了古典小说常用的楔子，而在结尾则是一首文人味十足的七言诗：青草苍苍虫切切，村南村北行人绝。独出前门望野田，月明荞麦花似雪。这一结构是典型的中国传统章回小说的模式，老村对这一模式自觉的创造性使用暗示了他的小说美学，他试图写出一种真正中国意义上的好小说。毫无疑问，《红楼梦》《三国演义》《水浒传》《金瓶梅》这些经典构成他的写作资源。但老村对这些中国传统的借鉴不是表面化的，也不仅仅是一个形式的问题，其实《骚土》在形式上并没有使用章回体的标题结构。他是要从内在的小说肌理向古典致敬。

除了说书人的视角，他还试图在方言的基础上处理现代汉语，将明清小说的语言与现代汉语有机地结合起来。《骚土》的语言因此有了一种特别的张力，它既是方言的，带有地域性的乡土气息；它又是古白话的，里面有古白话精巧清雅的表达；同时它又是现代的，在描写当下的日常经验和生活实感上有准确的表达力。我读《骚土》的时候，首先就是被它的语言所吸引，感觉有一种久违的亲切。这种语言，在当代的小说写作中，并不多见，1980年代的汪曾祺、1990年代的贾平凹、近两年被重新发现的木心，他们的语言都有这种感觉。

语言之外是人物。现代派写作盛行以来，最大的问题是不会塑造人物。我在课堂上曾让学生举出几个当代小说中的典型人物，大家想起来的大部分是传统现实主义作品中的人物，比如林道静、梁三老汉、高加林。90年代以后的就少了。读了老村的作品后，我觉得至少有几个人物具有这种典型性。《骚土》中的庞二臭和邓连山，《撒谎》中的阿盛，这是老村对当代小说人物画廊的一大贡献。阿盛稍后再说，先谈谈前两位。庞二臭作为《骚土》的主角之一，有着多重的解读空间。这个以剃头为职业的男人，几乎是小说中插科打诨式的存在。他总在命运似乎将要改变之时突然溃败下来，重新"沦落"为一个不重要的局外人。他是现代中国普通人的命运隐喻，只有极少数人才是历史的弄潮儿，更多的是庞二臭这样的人物，被命运戏弄，同时也被历史抛弃。但有意思的是，庞二臭并没有因为这种戏弄和抛弃而感到沮丧，或者觉得自己是一个"失败者"，恰好相反，他对一切安之若素，并享受着那看来并不高级的生活。这是一个活得有趣的人，与小说中的另外一个人物大害形成鲜明的对比。大害在某种意义上是一个现代人，而且是一个现代英雄，虽然老村将他置于一个"水浒"式的情境结构中，却恰好凸显了其现代性。与庞二臭相比，大害其实是一个自我实现欲望非常强烈的人物，在小说中他的一切努力，都是试图改变环境并更新自我的主体。大害充满了紧张感，其内心的冲突导致他最后的精神分裂，而庞二臭则是放松的、笑的，他和世界的关系也显得更加松弛。在某种意义上，这是老村自我的两个镜像：通过大害，他实现了英雄梦，并亲手将这个梦送上了刑场，但不管如何，这是一个英雄，并有其悲剧色彩；而通过庞二臭，他看到了更丰富的日常和更永恒的历史感。这也正是青年批评家陈华积所发现的，正是通过庞二臭的眼光，老村将不可能看到的东西看到了。在小说叙事学上，庞二臭有不可替代的功能性作用。

　　大害死了，而庞二臭却活了下来，而且活得快乐。这是老村的深意所在。《红楼梦》以虚写实，其哲学是空；而老村有言，他的哲学是"实"。以丰富的日常生活、对现实的多层次的具象描写，去理解历史和世界。这种"实"的哲学，在小说《骚土》中有一段精彩对白集中地体现了出来，写马翠花和铁腿老汉在一起野合，这两个很脏的人、在农村里很卑贱的人好上了。叙述者对此是如此评论的："枉论德行大如海，拿一只橹儿邀你，拿一方船儿盛罢。"德行又怎么样？伦常又怎么样？生命本身的快乐才是真正的快乐啊。老村所要凸显的是另外一套伦理和价值观，这套伦理和价值观在不同的时期被不同的"大历史"所吞噬，但是，它一直潜在着，并成为"贱民们"生生不息的精神支持。老村爱这些人、这些农民、这些"贱民"，唯有这种爱，才能发现这种卑贱之中的实在、这种实在之中的美感。

　　中国1980年代以后的当代小说，尤其是涉及历史的小说，大多取激烈批判的姿态。《骚土》的历史情境是"文革"，是容易引起极端情绪的情境。但是老村没有，虽然从个人情感而言，他对"文革"是持强烈否定的态度。但作为一个有意识的作者，他在小说中用形式将这种情绪进行了秩序化和美学化。具体来说就是，《骚土》同样可以被理解为一部批判反思之书，但不是一种理念化的批判，而是将这种批判融入人物之中，通过人物自身的遭遇来呈现历史本身的荒谬和残酷。这就需要提到另外一个重要人物，邓连山。这个"旧社会"的乡绅，最后居然变成了《毛主席语录》的"复读机"，同时也成为最合格的告密者和同谋者。邓连山的转变是一种文化对另外一种文化的胜利，也由此可以管窥这一文化的规训功能之强大，正因为其规训能力之强大，其破坏性也就越发可怕。

  前面已经说过，老村不是一个概念化的作家，他对文体、语体和人物的高度敏感使其批判总是呈现为一种独特的美学形式。这一点，《撒谎》最为突出。与《骚土》不同，《撒谎》的结构是完全现代的，它以成长小说的形式，书写一个叫阿盛的中国人从出生到死亡的全部人生历程。两个戏剧性的细节构成了阿盛人生的起点和终点，起点是他在"共和国诞辰六周年的日子"给毛主席像敬礼，并确立了他一生的信仰；终点是阿盛在化粪池里淹死，以喜剧的方式完成了悲剧的人生。《撒谎》是一部奇特的小说，整部小说都是阿盛对伟大人物的模仿，从语言到行为。关键问题是阿盛并没有意识到他是在模仿，他以为这就是他真实的存在方式。在这个意义上，阿盛是一个没有内在的人，他的外在是"伟人"的话语幻觉，而他的内在在这种外在的幻觉中被渐渐掏空。他是最真实的"空心人"。

  阿盛是谁？他和阿Q是什么关系？他是革命时代的堂吉诃德吗？我们有没有想过，赵树理笔下的新主体——小二黑——可能会变成阿盛。或者说历史已经吊诡地证明，阿Q虽然经过了小二黑的革命改造，却依然不过是成为空心人阿盛。虽然老村这部作品主旨在批判，可我却在其中读到了某种怜悯的东西。

  老村说，阿盛就在我们中间。"因为撒谎就是……最大的生存悖论。"不仅是撒谎，还有惩罚，还有规训。

  但同时也有温暖，也有安慰，也有人性不能被黑暗遮蔽的部分。

  如此。也罢！

2014年11月17日
2014年11月18日改定

不断拓展的疆域
——论邱华栋的小说写作

在当代作家中，1969年出生的邱华栋是一个独特的存在。他少年即有写作的天赋，并以此获得免试进入武汉大学中文系学习的机会，是当时具有新闻效应的少年作家。毕业后负笈北上，做过"京漂""写手"、编辑，后来又在作协担任相关职务，集作家、文学活动家、文学组织者等多重身份于一体，最近一些年又醉心于古典图书版本的收集和整理，俨然又有版本学家的气质。在文学创作上，邱华栋早期以写诗歌为主，后来又开始小说写作，不仅写了大量的中短篇，也出版数部长篇小说。与此同时，他还是一位勤奋的读者——在当代作家中，邱华栋以阅读量的庞大庞杂而傲睨群雄——这些阅读都被转化成为相关的随笔评论，在这个意义上，邱华栋又是一位评论家或者随笔家。对于笔者来说，印象深刻的还有作为各种文学活动主持人或者嘉宾的邱华栋，妙语连篇而机锋逼人。这里面所折射出来的心智和形象，又是另外一副邱华栋的面具。但是，因为丰富性总是难以被标签化，对邱华栋来说，也因此存在着被误读或者被遮蔽的危险，正如有评论家指出的："我认为邱华栋的职业身份，某种程度上阻碍了他的文学作品被客观地认可。因为他是一个文学编辑，鲁迅文学院的常务副院长，是一个文学的组织者，所以他庞大体量的文学创作被这些身份所遮蔽了。这种阻碍跟我们对中国作家的想象方式是有关的。对于邱华栋这种城市传奇的、利用想象写作的作家，我们就缺乏一种认知。另外，还存在一种情况，就是知识分子作家，或者是学院作家被认可的难度。我们更喜欢像贾平凹那种，有一个文学原乡的作家，而对于像邱华栋这种突破疆界的作家的研究和评价,是有一定难度的。"①诸此种种构成了一个复杂的当代作家形象学,如果有人有兴趣做专门的研究,也许是一篇极好的博士论文。本文无意对这些进行学术式的研究考察,而是想指出一点,对于邱华栋来说,固然各种"假面"都是其"内在"的折射,但是其中最重要的假面,却无疑是他的小说写作,正是通过数量惊人的小说,邱华栋实践了以文学为志业的野心,将其生命经验和历史意识形塑为风格化的小说文本,同时也为当代文学提供了独特的美学标识和美学经验。

一

在邱华栋的小说创作中,城市题材占据了重要的位置,这些作品包括众多的中短篇,如《大鱼、小鱼和虾米》《鼹鼠人》《黑暗河流上的闪光》《平面人》,长篇小说如《花儿与黎明》《教授的黄昏》等等。邱华栋的这些写作与中国当代的历史语境以及个人经验密切相关。从语境的角度看,1990年代中国加入世界贸易组织,进一步扩大了1970年代末即告开启的改革开放的步伐,城市化以及由此相伴而生的商品化和消费主义开始蓬勃发展,这种时代语境和社会现实召唤着作家对其进行记录和书写。从个人经验的角度看,1990年代末邱华栋三十多岁,正是对现实世界最敏感的时期,那一段时期他又生活在北京,北京从一个古旧的都市向一个现代化城市的急剧变化汇聚了诸多的症候,它为邱华栋的写作提供了绝佳的范本。这个时候的邱华栋,正是以一种如本雅明笔下的"大都市漫游者"的姿态去观察和记录他面对的五光十色甚至光怪陆离的各种人事。在一些作品中,他采用的是一种摄像机快照的方式,将那些瞬间出现又瞬间消失的事物捕捉下来,这些作品甚至不追求情节的逻辑和叙述的精湛,而是以一种"来不及了来不及了"的现代性时间焦虑症去网罗一切。这些作品带有新闻和非虚构体的特征,无论是作者还是作品中的人物都面目模糊,而这种面目模糊的群像,却也恰好是一种极富时代感的美学形式。在某种意义上,邱华栋的这些作品续接了1930年代新感觉派的传统,将"城市书

---

① 《联合文学课堂邱华栋专题讨论》之李蔚超发言,《西湖》2019年第4期。

写"的现代主义传统发挥得酣畅淋漓。刘心武作为邱华栋的文学知己之一,对此深有感受,他将邱华栋的这类写作称之为"与生命共时空的写作",个人经验以一种激烈的姿态直接投射于书写对象,并试图在一种短暂的交锋中进入书写对象的内部,这是邱华栋城市书写的另外一个向度,他提供的不仅仅是平面的视角,而是一个由上而下的立体视角,现代都市不仅仅有高耸入云的摩天大楼、在局限的空间里平移的人流和车流,同时也包括那些被遗弃的荒郊野外,臭气熏天的地下室、下水道、垃圾填埋场……大都市生产着时尚、金钱和衣冠楚楚,但同时也生产着废弃物、有毒品和反常物。对这另一面的书写,使得邱华栋的小说跳脱了传统现实主义题材的束缚,呈现了一种传奇性。在这个意义上,"漫游者"的"游"就不一定是一种无所事事、无所判断的"闲逛",而是带有一种价值的判定和追求。在有的评论者看来,这一"游"可以与"侠"联系起来解读:"所以我在他的小说中,看到了一种游侠的气质和游侠的情结。'游'是一种游离,'侠'代表正义。……观察城市可以有几种角度,最普通的一种就是站在地平线上去看,一种是可以飞到空中看,还有就是走到地下去看。我觉得很重要的一点,就是这些小说提供了一个水平面之下的视角。里面的很多人物,生活在地下管道中,和城市的废水、垃圾生活在一起。……我把他命名为'游侠',是因为其同时是一种游离于社会的秩序、法律和规范之外的一种暴力的力量。把这种形象命名为游侠,会比多余人、局外人更精确一些,因为他们身上有一种'正义'的东西,就是他们对社会的发展、改革的进程,有他们自己独立的判断和思考,这种正义同时也牵连出了传奇化的东西,我认为它们不是一种机械式的现实主义,而是用传奇化的想象和虚构去充实了我们的现实。在邱老师的最好的一些小说里,这种游侠的精神得到了最为彻底的表达和贯彻。"①

对城市进行传奇化的处理,但是同时也不放弃知识分子的思考和批判精神,这一点在《教授的黄昏》里有鲜明的体现,在这部小说中,通过一个中文系的教授和一个经济系的教授的对话,对1990年代以来的中国社会现实进行了全景化的展现,虽然快照式的描述依然存在,但是因为对话、

---

① 《联合文学课堂邱华栋专题讨论》之赵天成发言,《西湖》2019年第4期。

辩驳的加入,这种描述提供了更多的精神景深。总的来说,邱华栋的城市书写系列虽然存在如批评者所言的"容易停滞在城市喧嚣的表面,很难透过这层现代社会的虚假信息,对其精神疲乏(进行)深刻剖析"①,但是就一种"同时代书写"的力度和广度而言,依然有不可替代的价值。

二

邱华栋小说创作的另外一个大类是历史题材的作品,对于历史写作,邱华栋曾有这样的自述:"这些年,我在每写完一部当下现实题材的小说之后,就会写一部历史小说。这样的交替写作,使我获得了审美上的休息和题材反差的快乐。"② 在这一类作品中,出版于2013年的《长生》和2016年的《时间的囚徒》值得探究。

《长生》用旁观者的视角,讲述全真教传奇人物丘处机西行的故事。小说的核心主旨是通过丘处机的行为事迹,尤其是他与数个帝王的对话,探讨"长生"这一中国道教的话题。千百年来,无论是凡人还是帝王,都追求一种物理时间上的"长生不死",以此抵抗对肉体死亡的恐惧。但邱华栋以一种疏离,有时候甚至是戏谑的视角——很遗憾这一戏谑并没有贯穿整部作品——将这个问题无限地悬置,"西行"因此充满了实践和观念上的多种隐喻,它既是一次由山东而至阿尔泰山的地理学式的漫游,并在这一漫游中见识到风土人情;同时也是一次对生死问题的哲学观念求解,并通过将时间问题空间化,试图逼问"道"与"权"的复杂关系。

另外一部直接以时间命名的长篇历史小说是《时间的囚徒》,这部作品有着多重的叙述线索,一条是八国联军侵华时期,一条是1950年代中国的社会主义改造时期,一条是1960年代法国的五月革命时期。小说的主角是法国菲利普家族的三代人,爷爷、父亲和"我",他们的故事通过三个时空的穿插来完成。虽然邱华栋的写作缘起是想处理一批外国人和中国的关系史,但是借助小说的叙事,呈现的却是一段曲折丰富的现代史,

---

① 程光炜:《读邱华栋的小说》,《南方文坛》2019年第5期。
② 邱华栋:《长生·后记》,北京十月文艺出版社2013年版。

这一现代史不仅仅关涉到中国，同时也因为中国而联系起了整个世界，邱华栋将现代史置于一个更宏大的时空中予以思考。在这个时空里，革命、国家、家族、个人，各种现代性装置对话、冲突又黏合，而历史的荒谬和人的无能为力也因此获得了其戏剧性的张力。在这种种的主题中，"时间性"被高度隐喻化了，无论是老菲利普，还是小菲利普，无论他们是在中国还是在法国，无论他们是在庚子年还是在1968年，他们都只能以"重复"的方式在历史中轮回，这种重复带有《百年孤独》的精神气质。在小说中有这样一个点题的细节，"父亲坐在家里的布面沙发上，在看一本关于时间的著作《文化中的时间》。看到我从餐桌边站起来，来到了客厅的窗户边上，对我说了这么一句话：'儿子，人，就是时间的囚徒。人是很难越出时间的囚笼的'。"这段话可以转译为克罗齐的经典哲学断语："个人是历史的人质。"这大概就是对现代主体能动性的最大反讽吧。

  需要特别指出的是，邱华栋对历史写作的优劣其实有其观察和体认："我一直不大喜欢当代中国的一些历史小说，我觉得，那些小说无论是语言还是写法上，都过于陈旧和传统，大都在人物和历史事件的外面打转……根本就没有创造出历史小说的新境界。"[①] 邱华栋自己创作的历史小说，包括《长生》和"中国屏风"系列，是否创造了历史小说的新境界呢？这一点还需要更多的时间去观察和讨论。不过，就叙述的语调和方式来说，邱华栋的历史小说有一种特别的疏离感，这种疏离感带来一种跳脱，这使得他的叙述不仅仅是一种还原，而是带有鲜明个人色彩的认知和创造，在这个意义上，他的历史小说写作带有一种实验感，与他的城市传奇之间构成对位的美学互动。

三

  邱华栋2019年出版了中篇小说集《唯有大海不悲伤》，这部小说集由《唯有大海不悲伤》《鳄鱼猎人》《鹰的阴影》三部中篇组成。这是其九篇系列小说中刚刚完成的第一部分，邱华栋用非常"俏皮"的方式预告

[①] 邱华栋：《长生·后记》，北京十月文艺出版社2013年版。

了这九篇小说的内容:"如何在环太平洋潜水、去澳大利亚抓鳄鱼、攀登喀喇昆仑山西段的雪峰、到古巴哈瓦那冲浪、在里约热内卢解救绑架案、穿越俄罗斯西伯利亚自驾游、品尝法国红酒、直到冰岛尽头的徒步旅行和驰骋整个非洲中部寻找老婆和弟弟?"从已经完成的和即将完成的作品内容看,这一批小说又回到了邱华栋孜孜以求的当代生活,不过,这一当代生活不再局限于北京或者中国的某个现代城市,而是扩张为一幅世界地图,这一写作的地图学首先引起了关注,"我……特别感兴趣身为一个当代中国人对这种空间疆域的体认。这是需要一个强健的精神胃口才能去反刍和品味的大餐。邱华栋的生机勃勃转化成了文学上的盛宴"①。对于中国当代写作来说,这种扩张性的写作其实比较少见,与欧洲作家相比,中国当代作家的传统是一种非常典型的"内陆型"写作,其中长篇小说长期集中于华北和陕西的地理,而对于大陆以外的地理几乎无人顾及,而邱华栋这些书写中国人在海外巡游的生活,与最近几年海外华文作家的写作构成互动,共同构成了一种汉语的世界写作现象。这一现象,恰好又是现代性的人口大规模迁徙和流动对文学写作的必然诉求,对这一诉求的回应,也许将会构成中国当代写作的下一个重要突破口。

这一世界地图式的写作却又不是一种简单的旅行文学,虽然潜水、登山等活动不可避免地与世界旅行联系在一起,如果仅仅停留在旅行的层面,则这一写作的意义将会大打折扣。事实是,在这些小说中,主人公对世界的巡游同时也是一次主体的重新构造。在此,邱华栋触及了一个重要的问题:当代生活作为资本主义秩序的日常化,它利用科技的理论实现了完美的祛魅,并让人生活在一种由金钱、家庭和剩余价值所建构起来的"安全假象"中,也就是说,当代生活是一个资本主义的虚假承诺——你是安全的,你必须如此按部就班地生活。因此,对于这一假象的刺破首先就在于重新正视其危险性,这一危险不仅仅来自无法预测的自然灾难,更重要的是日常生活中无法控制的失衡。三个中篇都从这种失衡开始,失去儿子,失去婚姻和家庭……与这种失衡相伴随的,往往是主人公精神的抑郁和意志的松弛,而对这种精神和意志的重建,在某种意义上构成了小说的叙事

---

① 王威廉:《去世界深处寻找自己》,《人民日报海外版》2019年6月26日。

动力。在这个过程中，无论是极限运动还是路上的风景，不仅仅是一种客观的物质化存在，也是与主体心理高度互动的精神现实。在《唯有大海不悲伤》中，对大海里面的生物带有精神性的叙述和描写是最精彩的部分，而当主人公在某一个关键时刻领悟到生命和存在的真理之时，也就是小说的高潮所在，知识性的描述与精神性的探求密切互动，并由此扩展到一种"命运共同体"的高度。在此过程中，主体的生成与小说的艺术更新有了密切的关联，一方面是"穿过人山人海，走向高山大海，一方面心系更大的人群和更广的世界。单是这三篇小说就有一个逐步深入拓展的过程，主人公慢慢走出小我，走向大我，境界不断提升，更加英勇而出于公义"[①]。一方面是："从北漂和密集城市题材意象里走出来，来到大海和登山的路途，是华栋小说的一次转换，是叙述视角的一次调整。它不只是从一个领域来到另一个领域，而是从中走出了豁达宽阔的小说艺术的胸襟。"[②] 就前者而言，邱华栋塑造了当代中国人的硬汉形象，虽然这硬汉不可避免地带有中产阶层的趣味；就后者而言，邱华栋在小说中融合探险、旅行、疗愈等类型文学的因素，并将此融合改造为一种综合的表达形式，借此探索当代中国人的精神边界以及当代汉语写作的边界。

[①] 吴佳燕：《邱华栋的高山大海》，见邱华栋：《唯有大海不悲伤》，北京十月文艺出版社2019年版。

[②] 程光炜：《读邱华栋的小说》，《南方文坛》2019年第5期。

辞典一般的书写
——评叶舟的《凉州十八拍》

一

我最初知道叶舟,是因为李修文。

有一次跟修文喝酒聊天,论天下英雄,修文击桌,说有一人不可不识,问何人?答曰:叶舟。并附言:此人大才,任侠,有英雄气。

后来在武汉的一次诗歌活动中见到叶舟,瘦,不多言,但语出必有洞察之处,又有诗歌朗诵,深情,激越。我们虽然隔着年龄的代差,却一见如故。我读到了他的诗:

> 我体谅自己　这一生都在路上
> 寸步不离自己　也没有丢失一点一滴
>
> 我体谅这一条路　始终扶住我
> 用飞鸟的心　蚕的速度　慢慢抵近
>
> 我体谅天空　不弃不离地照彻我
> 在夜晚仓皇不已　在白天有一份伟岸

这首叫《偈语》的诗歌收入诗集《诗般若》的"河西走廊"专题里,叶舟以一种古典的、抒情的、内省的方式为河西走廊塑形造像,佛经、菩萨、寺庙、浪迹天涯的商客和旅人，都在历史的地平线上走近又走远，叶舟在这一历史和文化中找到了自己写作的根脉和源泉。

二

叶舟其志也大。这或许是一种典型的西部气质？抒情诗和叙事诗都无法安放他对西部的热爱、想象和期待，甚至中短篇小说也不能，在对"文"和"史"的双重追求中，他选择了长篇小说，不是二十万字，也不是五十万字，而是一百万字！一百五十万字！——在我看来，这几乎是种命定。于是，在关于西部的书写中，出现了两部堪称双璧的皇皇巨著，一为出版于2018年的《敦煌本纪》，一为出版于2023年的《凉州十八拍》。正是有了这两部书，叶舟的身份标志有了明显的位移，如果说以前他主要是一位诗人，同时是一位小说家、随笔作者；而现在，他首先是一位小说家，当然同时也是诗人——但在最根底上，他是诞生于西部这片土地上的文人赤子，唯有赤子心、文人情，他才能创作出这样深切澎湃的作品。

叶舟在精神谱系上与张承志有亲缘的关系，但是相对来说，叶舟显得没有那么紧张和孤绝，也没有张承志那一代那么多的历史负担——这一负担集中体现为一种无法摆脱的罪感——在叶舟这里，他的西部不仅仅是苦难、隐忍和复仇，同时也有豁达、儒雅、风流云散。相对于张承志那种处处凸显的自我，叶舟选择了另外一种方式，他将抒情诗里的那个"我"藏了起来，用一种说书人的间离视角，来擦亮已然成为"锈带"的西部文明，让这一文明重新变为一种"敦煌蓝"——《敦煌本纪》精装版的封面正是这种充满了源头意义的蓝色！

《凉州十八拍》开篇的三个类似于引子的故事暗示了叶舟对西部书写的路径，这三个故事以"讲古"的方式通过凉州的郡老之口说出，分别指向牺牲、复仇和救赎，在这三个带有宗教感的故事后面，是长达一百多万字、对以凉州为中心的河西走廊近半个世纪历史的呈现和书写，举凡典故、人文、风俗、巫术、神迹、军事、贸易等等不一而足，洋洋大观。这一书写源于西部，却不仅仅局限于西部，而是以西部为中心辐射至更辽阔的地理版图和文化范畴。在这个意义上，《凉州十八拍》符合我对长篇小说的期待：长篇小说不仅仅是讲一个故事或者一段传奇人生，长篇小说必须提供足够充分的历史信息和文化信息，这样它才能转化为民族文化或者民族心灵结构的一部分。

三

《凉州十八拍》的所叙时间集中于晚清至新中国成立前，具体来说是1910年代至1940年代。这正是帝制瓦解、天下大乱的时期，古老的中国在落日的余晖里摇摇欲坠，凉州已经失去了昔日的辉煌，在灾荒、兵变和混乱中步入"末法时代"。在这样的危机叙事中，顾山农、徐惊白、权达云、朱绣一干人等粉墨登场，上演了一出隐忍、救孤、忠信的大剧。其中最动人的形象，当属顾山农和徐惊白，前者守护铜奔马的秘密而不得不撒弥天之大谎，并看顾遗孤徐惊白直至成年；后者身世悲惨，年少懵懂，但在复杂而惊险的生活中一步步成长，最后成为一个勇毅的青年。叶舟借用"赵氏孤儿"的母题，呈现了一部现代少年中国和中国少年的成长记。

少年中国反抗的是腐朽的中国，中国少年对位的是愚昧昏聩的国民。或许可以借用两位外来者的观察来予以佐证。一位是日本作家芥川龙之介，他于1921年访华，并写下了颇有影响的《中国游记》，令芥川失望的是，他看到的是一群精神麻木、体格虚弱的病态中国人，这与他想象中的中国人形象不符。另一位是美国哲学家杜威，他在1919年先访日本，再访中国，并做了系列演讲，对当时的中国知识界产生了很大的影响，他同样对当时普通中国人的精神状态和生命状态持悲观看法，但这种悲观因为五四运动的爆发而获得了改变，五四运动让杜威看到了中国人身上的元气和生命力——"流淌在外表混乱之下中国文明底部的本质"，这是老旧中国涅槃为少年中国的希望和动力。叶舟笔下的顾山农和徐惊白就是这样一种富有元气和生命力的中国人形象。从文学史的角度看，顾山农和徐惊白的形象是对鲁迅笔下人物如阿Q、孔乙己的反写，鲁迅那一代人生活在芥川和杜威的同时代，在目睹老旧中国的无能之后发愤著书，以求改造国民性，发新声，立新人。顾山农和徐惊白就是这样的"新人"，不过相对来说，顾山农又新又旧，他更像一个过渡阶段的产物，带有某种后倾的姿态，而徐惊白,则更是一个飞起来的历史形象,这是从腐朽、下坠的历史中重新起飞的中国少年。要飞起来,就要有牺牲,一代人的牺牲与一代人的起飞互为辩证,而文化和文明,就是在这样的辩证互动里不断重生。叶舟说《凉州十八拍》的一个核心词是"续"——接续、延续文明的香火和命脉,在我看来,不仅仅是"续",同时也是"赎"——赎回、救赎已经失落的忠义、孤勇和深情。

四

再回到凉州——河西走廊这一重要的地学范畴。在最近的一个访谈中,叶舟将家族的历史与河西走廊的历史联系在了一起,《敦煌本纪》续写的计划被父亲的心愿修正为《凉州十八拍》,父辈的历史成为写作的一种发生学,而父辈的历史又是现代以来中国人迁徙史和流动史的缩影。河西走廊象征的正是一部生生不息的流动性历史。

《凉州十八拍》开篇第一个"讲古"说的是武威县突发"闹草之灾",为了保全河西一境的安全,六郡老重新出山并做出了艰难的决定:"封路。灭草。揽畜。"河西走廊最辉煌的历史来自其沟通中西方流动性的"丝绸之路",流动性塑造了河西走廊多元文化的性格和面目,也带来了物质的繁荣和文化的昌盛。但正如"闹草之灾"也来自流动性的迁徙,不同的物种、人种和文化也会带来冲突和纷争,甚至是灾难。这在河西走廊的历史上并不鲜见。问题在于,流动性几乎就是河西走廊的命脉,没有流动性的交换、商贸、对话、互动,就不可能有河西走廊乃至整个西部的文明图谱。因此,不是阻隔流动性——流动性是无法通过人为手段阻隔的——而是如何保护并建构良善的流动性构成了问题的核心。叶舟穷几十年之精力,对河西走廊的理解可谓深刻,在《敦煌本纪》里,核心情节之一是建立急递社,在《凉州十八拍》中,核心故事之一是顾山农建立保价局,这两者,都是现代流动性的关键设置,通过这种设置重新打通河西走廊已经"生锈""凝固"甚至"腐烂"的流动性,叶舟的故事叙事,指向的是更深层的政治经济学。

需要注意的是,流动性还不仅仅是指横向的商贸往来,它同时也指向纵向的文化传续和阶层更迭，而其中最激烈的形态，就是革命。在《凉州十八拍》的 1515 页，在罗什寺带有象征意义的重修典礼上，县长陈恳丁有一段讲话：

> "依我看，鸠摩罗什本人也是一名真正的革命者。"
> "此话怎讲？"
> "凉州方面的正确态度，应该是不问苍天问革命。革命，也唯有革命，才是当前最迫切的行动，也是至高无上的指南。"

这里的"革命"其实已经超越了具体的政党之争，而是回到了革命的起源性定义：除旧布新，汤武革命，天行健君子自强不息……革命在这里成为一个"原词"，它所指向的，正是在历史里不断起飞同时又不断再生的流动性。

也可以这么说，只有重新流动起来——横向的流动和纵向的流动交织互错，河西才能成为河西，西部才可以成为西部，中国也才可以成为中国。

五

多年前，叶舟写过这么一首诗：

> 天空藏住一部经
> 说："燃烧！"
>
> 大地攥紧一把草
> 说："修远！"
>
> 太阳这匹狮子，飞出了喀纳斯月亮
> 说："奔跑！"

秋天，一群白桦树走下山坡
说："吹动！"

鹰王端坐北天山
说："晴朗！"

在四序的泥土中，在源头
一个黝黑的孩子说："成长！"

高挂于北方的星宿，我和纬度
齐声说："辽阔！"

  这首诗和《敦煌本纪》《凉州十八拍》构成了一种互文的关系。这里的关键词"燃烧""修远""奔跑""吹动""成长""辽阔"都可以用来概括《敦煌本纪》和《凉州十八拍》的美学特色和艺术价值。
  这首诗的名字叫《辞典》。
  我想说的是，《敦煌本纪》和《凉州十八拍》正是这样两部像辞典一样的大书。

2023 年 3 月 14 日改定

主动篡改与自我处刑
——读东西的《篡改的命》

一、失败者汪长尺

汪长尺把消息捂臭了才告诉汪槐。汪槐正在自饮，听到这个消息就像吃了一枚馊鸡蛋，恨不得马上呕吐。但消息就是消息，它是没法用来呕吐的。因此，汪槐只能憋着，几乎要憋成内伤，才放一口气，说你不是上线了吗，上线了为什么没被录取？汪长尺低下头："他们说我的志愿填歪了。"

"你怎么填的志愿？"

"前面北大清华，后面服从调配。"

"叭"的一声，汪槐摔烂了手里的酒杯，说你好大的胆，四九年到现在，全县没一个考上清华北大。

"只要填了服从，像我这样的分数，再烂的学校也应该捡到一所。"

"不是每个人一低头就能看见钱，明明是一个烂学校的命，还做什么名校的春梦？"

"我想幽他们一默。"

"除了把自己的机会幽没了，还能幽谁的默？你一个三无人员，无权无势无存款，每步都像走钢索，竟敢拿命运来开玩笑。"

这是新生代作家东西最新长篇小说《篡改的命》的开头，必须承认，我非常喜欢这个开头,这个开头完全展示了东西独有的叙事风格,饱满、富有弹性,人物语言生动而诙谐,在寥寥几句的对白中,人物形象跃然纸上。更重要的是,在这种日常语言之中,暗含着对人物性格的展示,汪槐的激动、偏执和汪长尺的迟钝、懦弱几乎就在这三言两语之中被揭示了出来。但很显然,这种语言的优势在这部小说中并没有保持多久,我大概能明白东西的意图,他将主要的精力放到了对故事的讲述和人物命运的戏剧性展示上,这是我觉得遗憾的地方。因为在某种意义上,选择以什么样的语言讲故事而不是故事本身决定着一部小说的质地,这关涉到语言与故事的互为呈现。东西的问题可能是中国当代小说家的通病,我们的小说写作太过于看重故事而非语言,这往往在某种程度上削弱了故事的可信性。是的,不仅仅是故事的复杂性和生动性,而是可信性,因为对于现代小说来说,故事本身的可信性已经不重要的了,重要的是,你以何种方式、何种语言甚至是何种语调来取信于读者。

但是既然东西的主要目的是讲述故事,而不是讲述行为本身,我觉得作为一个读者最好还是顺着他的思路来。由此我们将会发现,东西确实给我们讲述了一个有意思的故事。这个故事是从一个戏剧性的人生时刻开始的:主人公汪长尺高考上线却无学可上,是因为志愿填报的时候受到了有意的误导。于是出现了本文开头那精彩的一幕。毫无疑问,无论是从现实的逻辑还是从小说的逻辑来看,这都是一个关键的时刻。生活在中国的读者都明白,高考对一个农村人来说意味着什么,在很长的时间内,它几乎是改变命运的唯一方式;从小说的逻辑来说,这是一个极端的绝境,叙事在一开始就将人物推送到了一个情境的临界点。正是在这种现实逻辑和小说逻辑的绞缠之中,一种戏剧性才宣告开始:汪槐和汪长尺的上访注定是一个没有结果的行为。这在我们预料之中,因为只有在这种"失败"中,才能进一步展开汪长尺接下来的故事。但我们没有预料到的是,东西将这种戏剧性发挥到了一个残酷的地步:不但上访无果,而且因为"自杀"弄假成真,汪槐失去了双腿,变成了一个高位截瘫的残疾人。这毫无疑问遵循的是小说的逻辑而非现实的逻辑,或者说,我们只有在这个小说中,才能理解"事故"的发生如此"无巧不成书"。

还没有完。接下来的汪长尺成了苦难的"展览馆",他进城务工,老板跑路；他替人坐牢，却发现对方原来就是欠他工钱的老板；他想混黑道却没有胆量，他想敲诈别人却始终摆脱不了良心的谴责。这个可怜的人好不容易遇到一个善良的姑娘，却也不得不在巨大的生活压力中听任其出卖自己的色相和肉体。当然，故事最后的高潮是，为了彻底改变儿子的命运，他将其送给了自己的仇人为养子……

我们不禁为东西捏一把汗，这么多的苦难放到一个人身上是否合适？从现实的逻辑来说，这似乎有些说不通，苦难也有慈悲的时刻，偶尔它也会放过善良的人。但在小说的逻辑里面，这么夸张的铺陈显然不是为了陈述故事，而是在试图通过这个故事向我们传达一种认识论——不是汪长尺的认识论而是东西的认识论。这个认识论就是，无论如何奋斗，汪长尺这样出身的人只能是一个失败者。在小说里，东西借汪槐之口表达了这种观点："你爷爷在这里播下我，我在这里种下你，结果我们都失败了。我们失败了也就失败了，但再也不能让我的孙子失败。我希望他能在城里上学，在城里工作，不受苦，不受欺，没有这里的胎记。"

这里透露出一种强烈的自我厌憎和血统论的情绪，这种自我厌憎和血统论，其实构成了这部小说的内在结构。是的，汪长尺作为一个失败者的故事其实不过是小说的表层，从这个表层看，这部长篇小说几乎没有像样的结构。但是如果从自我厌憎和血统论的角度看，这个小说其实有一个潜在的内结构，人物正是在这个内结构上才获得了其行动的合法性。只不过，这个结构看起来有些简单，而且，我大概可以断定，这只是东西无意识中捕捉到的，他未曾清晰地认识到这一点。

二、主动的篡改

汪长尺说我想到城里打工。汪槐说造孽呀，有书你不读，而去卖苦力，你把一家人的希望都掐灭了。如果你不去补习，那就把剪掉的指甲接回来，把洗掉的污垢还给我。我是稀罕你读书，不是稀罕你洗脚。汪长尺说我不是读书的料，我就是一个平庸的大多数。汪槐摇着头说不，你是天才，你是我们汪家的大救星。

"你过奖了，其实我什么都不是，就一坨狗屎。"

这是小说中的另外一段话。引用这段对话是想说明一点，汪长尺并非一个自觉的失败者。从某种意义上说，汪长尺的失败是一开始就已经确定的失败，是从血缘和阶层中带来的失败，但汪长尺其实并没有深刻地意识到这种失败，与他的父亲相比，他倒是时刻流露出懵懵懂懂的天真，他说，考不上大学就考不上大学，留在农村也能养活自己，在"谷子和命运"之间，他选择了谷子，也就是顺从命运。而他的父亲，哪怕是残疾以后，也没有放弃反抗命运，当然，他将反抗的主体选择为汪长尺。

这是一个非常有趣的叙事设置，通观整部小说，汪长尺是一个被动型的人物，而其父亲汪槐则拥有主动型的人格，汪长尺人生每一个关键的地方都是由汪槐在推动着往前走，相应地，他的每次失败几乎都不是自动选择的结果。汪槐这个人物形象让我想起《人生》中的高加林，他们几乎是同时代人，都有强烈的改变命运的意志和欲望，而且愿意为此付出全部的努力。而汪长尺则是他懦弱的儿子，只是被动地被命运赶着走，但同时，他却不得不承担全部失败的命运。这是汪长尺的文学史意义，从文学史的人物谱系来看，他是1980年代那些没有改变自己命运的农村青年的儿子——也就是说，他是高加林的儿子而非仅仅是汪槐的儿子——他因此承担的失败是多重的，不仅仅是自己的失败，同时也是父辈的失败，相应地，也意味着儿辈的失败。

这种失败的焦虑一直贯穿着小说的始终，但东西显然不愿意仅仅停留在对失败的经验的陈述上，他试图发掘出一些更意味深长的东西。所以，小说的高潮部分并非失败的陈述，虽然这种陈述已经足够让读者触目惊心，小说的高潮部分在于后半部分的核心情节：汪长尺如何将自己的亲生儿子大志送给昔日的仇人，以此来改变他的血统和命运。我们注意到，从这个时刻开始，汪长尺似乎变了一个人，他不再是那个懦弱、毫无主见的窝囊废，他变得富有心计、思维缜密、具有超强判断力和行动力。他最后如愿以偿地将儿子送给了别人，让他变成了一个真正意义上的城市人甚至是"富二代"。

细心的读者会注意到，小说中实际上有四次篡改，第一次是汪槐招工被人顶替，第二次是汪长尺高考被人顶包，第三次是汪长尺篡改了自己的命运，第四次是大志长大后发现了自己的真实身份然后进行了相关的篡改。在前面两次篡改中，无论是汪槐还是汪长尺，都是被动的，是受害者，而在第三次篡改中，客体变成了主体，被动者变成了施动者。这种转变如果从人物的性格一贯性上来考量，显得有些突兀。但毫无疑问，正是因为有了这第三次篡改，小说才从展示转向了批判。具体来说就是，汪长尺的天性并不足以支持他做出一个如此荒谬但同时又符合情理的决定，支持他做出这个决定的，毫无疑问是其社会性，也就是说，汪长尺在一系列的失败中意识到了这样一个事实，他完全没有办法改变这个社会结构，他唯一的办法是服从。于是，让自己的儿子"换身"为富人的儿子，这是唯一可能的选择。

在这唯一可能的选择里，吴义勤读到了一种悖论："作为被侮辱与被损害者，像主人公汪长尺这样的底层人物，他们被生活强加了种种悲惨的命运，把亲生儿子送到权贵的家中，让自己的孩子成为权贵的子嗣，以身份和'血统'的篡改来实施命运的拯救，这样自残和自戕式的以尊严和生命为代价的血淋淋的反抗是极端的、绝望的、荒诞的，他们既是不公平的社会秩序的受害者和牺牲者，又是他们自身命运的帮凶和催化剂，他们的焦虑、愤怒和绝望是生活的黑暗和他们内心的黑暗共同制造的，他们的反抗与呐喊既让人痛彻心扉，又让人五味杂陈。"①吴义勤指出了汪长尺抵抗的悖论，他的抵抗不过是强化了已有的不公平的社会结构和社会秩序。这就是一个悖论，个人的失败其实是社会结构性的后果，但是，个人的抵抗却无法改变社会结构，不过是以认同的方式进行消极的抵抗，并迅速消融在这个秩序里面。这可能才是底层叙事的困境，作家们当然会意识到底层的困难和失败不过是全部社会关系的产物，但是在摧毁这个社会关系之前，作家们依然选择让他们的人物服从这一结构的设置。在这个意义上，这是写作的困境，如果无法想象或者重构一种社会结构来安置人物并指导人物的行动，则这些写作都是"非革命性"的，既无法改变"想象域"，更无法改变"现实域"。

---

① 吴义勤：《绝望的反抗》，《南方文坛》2015年第6期。

三、自我之处刑

继续回到文本中来。既然社会结构无法改变，那人物最终选择如何行动？且让我们回到这个惊心动魄的事件现场：

> 汪长尺提前十分钟到达指定地点，这辈子他从来没迟到过，因此他不想在最后一次背上"迟到"的名声。他穿着干净整洁的衣服，理了头发，刮了胡须，本想买双崭新的皮鞋穿上，但想想500块钱够他爹在农村装一扇玻璃窗，便咽了一口唾液，捏了捏手指，放弃。现在他穿着一双洗得发白的解放鞋，站在西江大桥正中的边栏旁。这个位置离水面的距离最高，估计摔下去时也会最响。人活一辈子，或默默地消失，或响响地离开，二者必选其一。天空出奇地蓝，云朵空前地洁白，上苍似乎故意给他一个好天气，抑或是送他最后一点念想。水面铺满阳光，由于风的原因，波光的强弱不停地改变，一会这儿刺眼，一会那儿刺眼。汽车的轰鸣没过去那么讨厌，似乎还有一点悦耳，就连车屁股喷出的尾气，也仿佛散发出清香。看着两岸依次排过去的楼房，他想那个人一定隐藏在某扇窗口之后，举着望远镜，正在监督我对我的执行……

在这个事件现场，我们能发现什么？

一种悲伤？汪长尺遥望自己的人生，似乎毫无快乐可言。

一种热爱？在生命的最后关头，汪长尺依然能感受到自然的美和生活热烈的气息，虽然这一切都不属于他。

一种控诉？平静的叙述后面是最酷烈的行为：他选择了自我处刑——他对自己执行了死刑，这个死刑不仅仅是对生命最后的放弃，更是与这个世界进行最彻底的决裂。

2015 年 8 月 12 日
2015 年 8 月 20 日改定

"必须接受已经发生的一切"
——评须一瓜的《宣木瓜别墅》

须一瓜的新长篇《宣木瓜别墅》以家庭为小说叙事的主要场所，故事的腾挪辗转主要在两个家庭之间展开，即小说的叙述者"我"王红朵的原生家庭和"新生"家庭。就原生家庭而言，这是一个充满了"恶意"的场所，父亲王卫国粗暴、易怒、刚愎，是典型的中国式"父权"代表，母亲美静则是一个完全没有主见的"依附性"人物，她最擅长的行为是附和丈夫并不合理的言行并对孩子们的痛苦进行落井下石的嘲笑。就"新生"家庭而言，至少表面上充满了善意，新生家庭的主角之一光辉老师是一个心理咨询师，他"温柔""有耐心""宽容"——我之所以将这些词打上双引号，是因为后面会迎来令人惊讶的逆转——他洞悉人性的痛苦，因此能够给予即时性的安慰。从小说的叙述来看，作为一个心理咨询师和一个父亲，他都算不上称职，但是对于王红朵而言，他代表了另外一种男性形象，尤其是与自己的父亲相比较时更是如此，因此，她无可救药地爱上了他——虽然她自己其实都无法确认这种"爱"是出于一种反抗的无意识还是对另外一种亲密关系的畸形渴望。与这一从"原生"到"新生"的过程相伴随的，是一个关于心理疗愈的过程，实际上，这部小说的一个显性主题是关于心理的，心理在此是一个隐喻，通向人性隐秘的精神内面——这一内面在小说中有精彩的呈现和书写：少女王红朵和少年王红星童年的不堪经验和隐秘情谊；父亲王卫国和母亲美静行为和意识之间的矛盾；光辉老师作为一个心理医生却无法克服的暗黑欲望。

从第十七节开始，小说开始进入"折叠"叙述，这一"折叠"既是逆转的，同时又是呼应的。因为一次意外的车祸事件，美静离世，王卫国残废并很快死亡，我们的叙述者和女主角则出现了应激性失明——作为一个暂时的盲者，她将"看见"另外一种事实——这正是"折叠"的意义所在，一切看似正常的都要被颠倒过来，并被重新估量其价值。我认为这一设置非常具有须一瓜的特点，通过这个设置，她成功地将一部家庭伦理小说或者家庭心理小说变成了一部侦探小说，前面的叙述不过是留下的诸多物证，它们将在"盲人女侦探"的推导、反思、求证中获得新的解释空间：王卫国和美静作为一代典型的中国式"父母"，对他们的言行也许不必那么求全责备；"我"和王红星的童年经验也并非全部都是伤痛，与这些伤痛相伴随的，还有一种生命力的破茧而出；光辉老师的职业和他所表现出来的美德原来都是克服内心恐惧的伪装，可惜他并没有成功……

《宣木瓜别墅》把握了现代人的典型精神面向：每一个人都是一个分裂症患者，所不同的是，有的人选择了努力克服，有的人选择了随波逐流，而有的人，选择了毁灭。就小说整体的叙事倾向来看，须一瓜选择的是"和解"：与父母的过去和解，与自己的历史和解，与那些沸腾的欲望和解并以死亡的方式对之进行迁移。

这就是生之代价，正如小说开篇所引用的诗句所言：

"必须接受已经发生的一切。"

2022 年 3 月 13 日

四重视角下的人性救赎
——评艾伟的《镜中》

《镜中》以一场惨烈的车祸开始其故事：润生的妻子易蓉酒驾，车子撞到了大桥的护栏上，两个孩子当场死亡，易蓉经过抢救后侥幸活下来，但已经严重毁容，她在几个月后选择在自己的老宅里自杀身亡，润生因此面临人生的至暗时刻……艾伟显然是一个叙事的高手，他一开始就将人逼到了一个极端的境地：人应该如何面对这种不幸？

无助。恐惧。痛苦。绝望。自责。后悔。这是人面对不幸的正常情绪反应，我们的主人公润生同样如此，他陷入痛苦无法自拔，需要通过服药才能够睡眠，他不停地自责，意识到"自己才是所有不幸的根源"——因为易蓉发现了他和子珊的私情并因此酗酒成瘾，在车祸发生的那一天，易蓉跟踪润生并发现了他和子珊约会，然后无法自控。这是小说的第一重叙述视角，在这个视角里，背德者获得了惩罚，润生失去了妻子和孩子，子珊失去了润生的爱。但这并非全部的"真相"，在第二重视角里，易蓉并非一个"贤妻良母"的形象，而是有着压抑而疯狂的欲望，这种欲望催生了她和世平之间的秘密情感，车祸惨剧的背后有更复杂的伦理困境，艾伟作为一位有耐心的写作者，他让易蓉设定了一封一年后才发出的邮件，在这封"死亡邮件"中，更复杂的亲密关系和人性构成被呈现出来。

与艾伟以往的作品相似，照相机般的日常书写并非艾伟的追求，他追求的是如何在这看起来琐屑庸常的日常生活背后看到人性的精神景深。在那些伟大的作品中，因为时代环境的恢宏阔大，人的精神景深因此能够被富有历史感的事件所烛照，在《哈姆雷特》《安娜·卡列尼娜》《罪与罚》《巴黎圣母院》中,人性几乎是"直接性"呈现而不需要借助太多的"中介"。但艾伟这一代写作者面临的困境是,当代生活所具有的均质化、平面化、碎片化的特征使得当代人的"人性"具有高度的"虚拟感"和"表演性"——在某种意义上,当代人的人性是经过训练和教养而成的,它的结构具有某种封闭性,要对这一人性进行深入的书写,就必须借助更剧烈的故事设定和更具"中介性"的情境装置。

如果说惨烈的车祸属于一种极端的故事设定的话,那么"建筑"就是一种有效的中介装置。在《镜中》,润生的职业是建筑师,世平是他最信赖的助手。建筑在小说中一开始就不仅仅是一个职业,更是人物表达自己精神性的一种创造性行为,同时,它也构成了小说中的第三重视角,在这重视角里:"建筑之于《镜中》,已不只是情节元素与造型方式,更是一种小说的方法,作品中所投射的关乎小说本体的问题意识和人物的建筑实践与思辨,形成了一种互为镜像的关系。"① 因此,这一重视角里有一种相互的凝视,一方面是人物,尤其是润生,他通过对建筑的凝视获得了一种生命的感悟和智慧,正如建筑大师安藤忠雄对他的提醒:爱和恨就是一体,就像建筑中的光和暗……我们唯一可做的事情就是通过建筑表达对人间的爱。另一方面,建筑——在隐喻的意义上也可以视作小说作品——也在凝视着人物,唯有通过建筑的精巧结构,也就是小说的书写,才能洞穿当代生活对人性的遮蔽,穿过厚厚的"日常之茧",逼近人性那变幻莫测的深海。

无论是作为原文的小说还是作为情境装置的建筑,都隐约指向救赎的主题。而在完成这一主题之前,艾伟给小说中的人物都设置了一段"远征之途"——他似乎要强调救赎并不能如"禅宗"的顿悟那么迅捷,即使这种"顿悟的时刻"终会来临,也一定要经过尘世生活的种种磨炼。于是,小说的人物开始在不同的空间里位移,润生去了缅甸,并卷入当地的武装斗争;子珊远赴纽约,试图开始新的生活;世平则去了日本,不过作为润生的"镜像"之一,他始终纠缠在与润生的"主客"关系中。这些人的远

---

① 徐晨亮:《以建筑作为方法,给灵魂之光赋形——艾伟长篇新作〈镜中〉述评》,《长篇小说选刊》,2022 年第 6 期。

行使得这部小说在空间上具有了世界视野，在不同的国度和文化中与不同的人相逢相遇，在当代的"流动性"中，中国被编织进世界之中，人性的问题由具体的个人伸展到了普遍的人类。在这个意义上，润生、子珊的远行不仅仅是一场个人的自我放逐和自我追寻之旅，同时也是一场人类的朝圣和救赎之旅。

  黑暗的欲望，隐忍的卑鄙，残酷的杀戮，潜藏的背叛……当代社会的技术发达和物质丰盈不但没有消除这些人性的"负面"，反而让这些"负面"以更隐秘的方式作用于我们的行动——人从来都是从头开始，在一次次的伤害中获得一点生活的教训。艾伟明了这一历史的逻辑，但是他又对"救赎"的可能念念不忘——艾伟属于那种"渴念者"，相信存在某种密径可以通向人性完善的殿堂，或许，有一种"盗泉"可以治愈他的"渴念"——小说是这种"盗泉"吗？

  《镜中》让我想起已故诗人张枣那首著名的诗歌《镜中》："只要想起一生中后悔的事 / 梅花便落满了南山。"安藤忠雄的建筑，远藤周作的沉默，四面佛的天真相、温柔相、恐怖相、自在相，人性的善与恶，尘世的恐怖与和解——都在艾伟之镜，也都在梅花的开落之间。

2022 年 4 月 12 日

男人们,请不要再打扰女人

——细读蒋一谈的《栖》

作为一部城市女性主题短篇小说集,蒋一谈的新作《栖》至少从两个方面激起了我的想象,首先是女人,其次是男作家写女人。这会让人联想起鲁迅的经典讽喻:中国人看京剧,不仅是看女人,更重要的是看男人扮演女人。但我是在完全正面的意义上来理解蒋一谈的这种写作意图,女人写女人固然有心理的契合和身份的认同,但是如果离开了男人的想象和书写,女人如何能够意识到作为女人的特质和别具一格,或者说,女人因何而成为女人?任何事物都必须在一种关系中存在,在现代社会,最基本同时又最迷人的关系也许产生于男人与女人之间。这一关系构成了整个现代写作的发生学,在波德莱尔最著名的诗篇《给匆匆一瞥的女人》中,男人与(陌生)女人的相遇成为一个典型的现代事件,这一事件揭示了现代写作内部的张力。在卡尔维诺的《看不见的城市》中,他以启示性的故事告诉我们,因为追逐一个梦中的女人,男人们建造了梦中之城,虽然男人们最后并没有追逐到女性,但是因为这种追逐,他们寻找到了彼此。但是正如一些敏感的女性主义者所意识到的,在现代这些经典的关于女性的书写中,却总有一种不自觉的、潜意识的对女性的情色凝视和男性中心主义——卓贝地这座城是建立在对女性的梦想之上的。它必须不断地重建,才能让女人驯服……它既是表现欲望的源泉,又是其最终的、不可企及的目标。这样,为体现男子梦想而建立的城,最终只书写了女人的缺席。建立卓贝地城的故事……说的是把女人创造为文本的故事。①这里的辩证法是，书写或者创造女人的故事是一个男性写作者卓越创造力的象征，或者说，不能写出一个富有魅力的女人的故事，就很难算得上是一个现代作家。但危险性同时是巨大的，男性写作者必须克服自己天然的生理性，在最大程度上把自我"去性别化"，才有可能写出女人在场的女性故事。此时重要的，不是男人化装为女人来讲述，而是男人通过讲故事的方式把自己"去性别化"，通过故事的装置呈现"平等"的视角。在这个意义上，蒋一谈选择讲八个关于女人的故事，这一选择本身已是一种极具现代感的"视域"——或者我可以说得稍微极端一点——这一"视域"在中国当下女性书写中是一种稀缺的品质。但是让我更有阐释冲动的，其实并不是上述的这些理论的八股，而是我一直相信，一个好的小说家，总是处于一种无休止的纠缠之中，"把女人创造为文本"是危险的，这种"危险"或许并不来自女性在当下社会所具有的"魔性"，更来自叙述本身，因为叙述（故事）总是非常不服从地走自己的窄路。蒋一谈或许可以以他的雄辩术来阐释其写作发生学（这是作家的特权）的合理性，但我显然是一个爱看热闹的读者，叙述的底细、人物的暧昧、结构的互文，如此等等是我感兴趣的重点，一言以蔽之，我爱复杂性。

《茶馆夜谈》

《茶馆夜谈》是《栖》的第一篇。这是一个简单的小说：一个男人和一个女人相约在茶馆谈话，谈话的内容关涉爱与距离。这个短篇让我想起电影《这个男人来自地球》，长生不死的男人在火炉边向他的朋友讲述其不死人生所经历的种种故事。我的意思是，《茶馆夜谈》虽然讲述的是一个母亲因为无法忍受丈夫对日益长大的女儿的性骚扰，而选择离婚独居，并同时对所有的男人保持警惕，但从结构上看却是在重复所有伟大故事的框架，男性讲述者在一个非常固定的场所向一个年轻的女性讲述其母亲的故事，通过这种讲述，女人的故事得以呈现。这也许可以视为某种情境式

---

① 参见劳蕾提丝：《艾丽丝没有做》。

的小说，在卡夫卡的一个短篇中，父与子也是在一个局促的环境中对话，然后展开戏剧性的冲突。但是在《茶馆夜谈》里面，"茶馆"作为一种情境并没有带来极端的戏剧冲突，或者说，可能有的戏剧冲突被讲述者缓慢而沉着的语调稀释掉了。这个男性讲述者用了太多力量来控制可能出现的、突破其理性的情绪，从而使得整个小说好像一块被压缩过的面包——固然紧凑，但缺乏弹性。这种处理方式对于耐心一点的读者来说可以咀嚼出更多的味道，但是对于一个匆忙的读者来说，可能就会觉得索然无趣。很显然，这个男性讲述者不够放松，他过于一本正经或者自以为是，他或许对于自己的讲述有过于自满的得意，他规划着他的故事——同时也是那个可怜的母亲的故事，他并没有意识到，他的这种讲述行为可能是很残忍的，虽然这种残忍是以爱的名义而展开。同时让我们怀疑的是，如果没有那个有那么一点点好奇心的女倾听者，这个故事是否还能讲得下去？顺便说一句，因为这个女倾听者富有丰富的内心和纯洁的心理，所以，她认为"雪花里的霓虹灯光像妓女疲惫的眼神"之类的比喻句是非常不恰当的。

《茶馆夜谈》从结构和人物设置来看有点像是一个"元小说"，它隐喻了一种普遍的关于现时代讲故事行为本身的危机和困境。《茶馆夜谈》最让我称赞之处在于通篇都以"对话"来呈现，通过"对话"，故事本身变得不重要了，因为故事已经被彻底变成了一个讲述行为，这个讲述行为比故事本身更有力量。

《另一个世界》

《另一个世界》开篇以全知的视角交代犹太人辛格的祖母在二战时期来中国避难，并因此与中国结下不解之缘。接下来，视角转换，女记者夏墨出场，她来耶路撒冷旅行，并与辛格邂逅，在简短的交流中得知辛格祖母的故事，她出于记者的职业敏感觉得这是一个重要的话题，于是提出对辛格的祖母进行采访。采访虽然进行了，但是因为祖母年事已高，并没有达到夏墨想要的效果，倒是在采访的过程中出现的插曲——辛格和父亲之间的吵架——占据了小说较多的篇幅。最后，以夏墨颇具哲思的内心独白结束。

《另一个世界》是一篇让人难以捉摸的作品。无论是从主题还是叙述方式上看，它都显得不够清晰。犹太人在上海的历史构成这部小说的背景，这是蒋一谈经常使用的一种创作手法，即以非虚构的历史事实构成作品的叙述框架，在这个框架中装置虚构的故事。"非虚构"犹如画面的基色，而虚构则构成了画面的主色调。从题材的角度看，这一类作品（包括《赫本啊赫本》《中国鲤》）充满了高度的敏感性，它扩充了短篇小说的叙事容量，并同时将故事的意义延伸到历史的深处。不过危险的是，这种装置有时候会显得过于生硬而破坏故事本身的自然性和叙述的流畅感。在《另一个世界》中，我一个比较明显的阅读感受是，夏墨对于生活的思考固然精彩，辛格的祖母的故事也引人入胜，但是把这两者联系起来的因素过于偶然，也就是说，在夏墨和辛格的祖母之间有一段距离，而小说的叙述并没有提供一座足以跨越这段距离的桥。

　　即使如此，《另一个世界》在隐喻层面上依然饶有意味。另一个世界意味着什么？作为一部女性主题集中的小说，辛格的祖母和夏墨这两个女性是否为对方显示了另外一个世界？至少对夏墨来说是这样的，辛格的祖母展示的世界是一个充满了信仰、感恩和忏悔的世界，这个世界活在回忆之中。这个世界与夏墨的世界如此不同，因为夏墨像大多女人一样，不过是活在日常生活的惯性之中。试图"进入"辛格的祖母的世界，正是试图突破自我生活惯性的一种努力，在这个意义上，一个女人构成了另外一个女人的拯救。

《林荫大道》

　　从艺术的角度来说，《林荫大道》是《栖》中最成熟的一篇。故事紧凑，叙述充满弹性，心理描摹细腻深入。故事从历史学博士夏慧的一个梦境开始，她梦见大海，更为怪异的是，海水中有股老男人的味道。这个梦境毫无疑问是精神分析式的，它一方面暗示的是夏慧直接的生存压力，她虽然博士毕业，但是难以融入北京这座国际化大都市，她不得不屈尊去当一名中学历史教师；而另外一方面，也暗示了这个知识女性潜在的欲望和可能出现的故事漩涡。这一故事漩涡的中心是夏慧的母亲服务的一座豪华别墅,它坐落在北京的郊区,在故事的高潮中,主角们会聚于此:母亲作为保姆为远游的主人照顾两条爱犬;夏慧去看望母亲;出于某种善意,母亲邀请夏慧的男友苏明——同样出身于底层且接受过博士后的高等教育——来别墅过一个愉快的周末。一切似乎都很融洽,但是这种空间的选择本身已经暗示了一定会有某种特殊的事情发生。果然,温情的气氛在酒精的刺激下发生了变化,苏明在别墅充满压迫感的空间中意识到了自身的虚弱和无力,他意识到了一种无法改变的"距离",在这个距离中,他看到了自己惨淡的失败。这种失败感包裹了这两个可怜的年轻人,出于愧疚和善意,夏慧试图通过身体的接触来安慰苏明,但残忍的是,他们的身体甚至也无法抵抗这种巨大的现实的失败感。小说的结尾非常富有意味:"她在想,此时此刻,如果苏明把她推下阳台,她一点也不生气。"

这篇小说自始至终有一种压抑的气氛。这种压抑的气氛来源于某种阉割的现实。原本充满精神性力量的年轻生命在严峻的日常生活面前变成了一种虚无的存在,他们表现得软弱、无力甚至是可怜。在这个意义上,物质变成了一种亵渎我们生命的东西。但是我们面对的现实是,这种亵渎无处不在。《林荫大道》通过空间的转移——代表了社会底层的夏慧和苏明进入了代表社会顶层的别墅的空间——揭示了一种隐藏在含情脉脉的日常生活底下尖锐的社会矛盾。知识和生命在物质面前的崩溃提示出了某种非等价交换的原则,而不管是等价交换还是非等价交换,都是资本逻辑在当代以一种粗鄙的、强盗式的方式存在的后果之一。

读这篇小说让我心有戚戚,这不仅是因为在苏明和夏慧身上看到了我自己的影子,更重要的是,这篇小说在道德上的暧昧性。这一道德的暧昧通过母亲微妙的变化显示出来,作为乡村道德最具有象征意义的代表,母亲似乎显示出了与传统乡土文明的某种背离。小说写出了这一事实:母亲不仅在都市物质的充裕中获得了快乐,更重要的是,她开始排斥乡村,她并不愿意立刻离开那座豪华的大别墅回到乡村去照看自己生病的丈夫。这种事实可能是让夏慧更加沮丧的原因:因为资本逻辑好像已经强大到席卷一切,所有坚固的东西似乎都要烟消云散了。夏慧的中学历史老师曾经给她留言:学好历史能帮助我们读懂无情的含义。这种含义确实显现了。

《夏天》

"成为蓝种人，或许会经历蓝色的命运。"这是《夏天》开篇一句意味深长的自我表白。女主角甚至"在一瞬间，她倒希望身体上挂着一对蓝色的乳房，还有蓝色的脸颊、蓝色的手臂、蓝色的小腹……"关键问题是，这位单亲妈妈希望自己的儿子"长出了蓝色的肌肉，在运动场上洒下蓝色的汗水，……像一头蓝色的小野兽"。这种童话式的幻想稍纵即逝，单亲妈妈需要面对的是非常现实的问题：儿子性格软弱，像个女孩子。她要做的工作是如何把儿子锻炼成一个男子汉。这大概是一个非常普遍的问题，在现代城市中，越来越多的离异女性都或多或少地为此类问题所困扰。在这个意义上，这篇小说带有问题小说的雏形。而蒋一谈对这个问题的处理也颇具匠心。在小说的开始，单亲妈妈让儿子参加了一个"独立训练营"，但效果似乎非常有限。这个时候故事开始呈现戏剧性，单亲妈妈遇到了一个年轻的单亲爸爸，而单亲爸爸正为照顾自己三个月大的女儿而手足无措。顺理成章，单亲爸爸和单亲妈妈交换了任务，男孩交给男人，女孩交给女人。也就是从这里开始，问题小说开始与成长小说纠结在一起，感性软弱的小男孩一步步变得坚强粗糙起来，而同时，新的问题开始出现：单亲爸爸与单亲妈妈之间产生了暧昧的情愫。小说再一次呈现出戏剧性，如何处理这一看起来似乎顺理成章的爱情？

我们发现女主角的选择非常有意思，她选择了离开，在故事结尾她带上儿子不辞而别，把这段感情搁置了起来。我们由此突然明白了故事的开篇为什么一再强调"蓝色的命运"，这是女主角对自己一再的心理暗示，她看到了自己的懦弱和无力，不敢去面对过于热烈的情感生活，甚至不愿意去面对自己真实的内心需要。也就是说，对这个女性来说面临的问题是，按照自己内心去生活还停留在自我暗示的阶段？因此，小男孩的成长实际上也是女主角的成长，不过，这两者的结果完全不同。我在阅读的时候注意到，小男孩始终处于女主角的"注视"之中，这种"注视"的目光无处不在，不能仅仅在表面上将此理解为一种母性之爱，同时它也可能是一种精神焦虑的体现，或者在女主角这里，将自我内心的欲望通过对儿子的注视而予以转移，是最安全的生活方式。

《驯狗师的爱情》

仅仅从题目来看，《驯狗师的爱情》和《疗伤课》都具有陌生化的效果。即使在北京这座大都市里，驯狗师也不是一个非常常见的职业。驯狗师是怎么生活的？他的爱情与众不同吗？相信这是所有读者看到这个题目后都会产生的疑问。细读这篇小说以后，读者或许有点失望，因为作者并没有花太多篇幅去渲染驯狗师这个职业的独特性，而是继续了他对女性的关怀，讲述了女驯狗师苏庭与画家周枫之间因为一条狗而发生的小故事。

故事的高潮在于周枫给苏庭出的难题："去流浪就得把手机扔了。""流浪就是无牵无挂。"苏庭在这种极端的情境中似乎意识到了自己的"不成熟"，她突然明白自己"不想失去熟悉的人，失去熟悉的城市和天空"。于是，她放弃了"流浪"的幻想，决定认真面对"现实生活"。

《驯狗师的爱情》的潜在背景是大都市人的孤独和隔绝感。人与人之间的关系不再被信任，人与狗（或者其他的动物）的关系则被高度魔幻化。在"人与人"与"人与狗"之间的情感位移暗示了我们当下普遍的伦理困境，难道现代文明竟然已经发展到这个程度：我们从一只狗身上得到的安慰远远超过从一个人身上所得的？《驯狗师的爱情》以极具小资情调的叙述划开了这种伦理关系表面的美好，驯狗师与狗之间其实并不存在"平等"的关系，正是因为"驯化"在狗身上更容易实现，因此，与狗相处似乎是一件更容易的事情。而这一点，正是当下人性软弱之处，我们不愿意承担任何交流和沟通的风险，而更愿意过一种没有任何利害关系、温情脉脉的"驯化"式的生活。因此，苏庭决定和周枫去"流浪"，似乎是对这种生活秩序的一种挑战，而周枫以一道极端的选择题对苏庭进行了一种考验，非常遗憾的是，苏庭并没有通过这个考验。苏庭的生活习性中有更多享乐的成分，她对周枫的爱情从某种意义上是她对"异"的一种想象，正如她对"流浪"的想象充满了三毛式的浪漫主义。非常有意思的是，当蒋一谈以非常严肃的语调来叙述这一故事时，居然呈现出了一种反讽的效果，反讽在这里的意思是，伪装自己没有的激情是一件严肃得可笑的事情。

《温暖的南极》

可能是因为对爱尔兰作家吉根的极度喜爱，蒋一谈以《温暖的南极》向她致敬。这篇小说以女编辑阅读吉根著名的短篇小说《南极》开始，"每次这个婚姻幸福的女人离开家时总会想，如果和另一个男人上床，感觉会怎么样。那个周末她决定试一试。"阅读这篇小说给女主角平静乏味的生活以强烈的蛊惑，"她从小说里面那个渴望一夜情的女人身上读到了自己"。于是她也决定试一试。接下来的描述不再着力于故事的起承转合，而是像一个慢慢横拍过去的长镜头，女主角的心理活动与吉根的叙述（而不是叙述者的叙述）频繁地互动起来，并在小说的结尾达到一种虚伪的高潮，女主角在心中狂野地呼喊着南极和男人，但实际上她并不知道下一步该怎么进行。

我想指出的是，《温暖的南极》的精彩之处正好在于这种无法行动的悲剧的存在。当女主角借助阅读恢复了感性以后，当她明白自己的欲望不过是一种"普遍的人性"的结构时，她依然无法完成这种普遍性。我想这是蒋一谈的高明之处，通过对吉根《南极》的征用和与之对话，他凸显的是另外一种现实的结构，在这个现实的结构中，个人视域不断被社会视域挤压、阻隔和改造。女主角固然是以中产阶层的身份出现，但是她所遭遇到的现实却并非一种中产阶层式的。小说特别描写了两个细节，第一个是女主角遇到了一个开吉普车的丑陋男人，这个男人因为要超车而对她进行了恶毒的咒骂；第二个是她在天桥上遇到了一个乞讨的女人，这个女人以夸饰她的苦难（植物人丈夫和已有身孕的事实）来获得同情。这两个细节像两根锋利的钉子钉在了这个短小精悍的小说中，它们好像某种标志，提醒着女主角和所有的读者，这里不是吉根小说叙述的爱尔兰，在那里，一夜情是一种浪漫，似乎没有这种经历，就对不起那块土地的美丽和神秘，即使这种行为最后获得"罪"的惩罚。而当下的处境中，某些诗意已被消解，在这种情况下，我们的女主角面临着更大的内心分裂，她只能在阅读和想象中完成《南极》中的一些行为。在这个意义上，《温暖的南极》改写了《南极》的主题。

《夏末秋初》

《夏末秋初》写的是女性之间理解和互助的故事。姐姐周文患上不治之症，只有三个月的时间，丈夫远在南极考察，妹妹周轩承担起照顾姐姐以及外甥女小蕊的重担。这种故事的模本可能经常在新闻中出现，并经常被处理成非常意识形态化的"与病魔搏斗"的煽情叙事。而蒋一谈的小说与此类新闻的区别在于，他非常残忍地揭开了这样一种现实：病其实是不可战胜的，在不可战胜的病面前，人还有什么可以自恃的？《夏末秋初》的总体叙述带有一种压抑感，这种压抑感正是来自这种绝望式的清醒，残酷的疾病在此构成一个隐喻，它暗示了现代个体的脆弱性和不堪一击。与这种脆弱相伴随的，是另外一种都市病——人的孤独和无可交流。在小说中，周轩和周文自小就因为和父母缺乏交流而对家庭婚姻充满恐惧感，小说中的另外一个女性——小提琴教师欧阳老师的妻子白宁同样陷入一种孤独的境地，并不得不求助于周轩的母亲，而周轩的母亲——一个从来就不善于表达自己的爱的女性，即使在女儿病危之时，也依然被自己的沉默所拘囿。

在这一群沉默的女性中，小蕊显然是个例外，她像所有小孩一样，无拘无束地表达着自己对于这个世界的爱恨，而周轩，正是在和小蕊的相处和交流中感觉到了爱意和责任感。毫无疑问，小蕊和周轩是这篇小说的中心人物，表面上看周轩在照顾小蕊，而实际上，小蕊也同时在帮助周轩，虽然她是完全无意识的。这种互助的关系可能是极其隐秘的，却是所有关系中最重要的，正是通过这种互助关系，其他人之间的理解和原谅才得以进行，而这，可能是我们唯一可以自恃之处。

不过这篇小说同时也暗示了某种含糊不清的态度，在小说的篇末，有这么一句："然后，在这个夏末秋初的季节，她们四个人在一起等待家里那唯一的男人从南极归来……"这种表述让人觉得是男人给了这些女人莫大的信念和力量，而我想说的是，可能更大的希望在于女人与女人之间的情谊，而不在于那些总是一再缺席的男人。

《疗伤课》

真相在最后被揭穿。

女精神分析师司南放弃了美国的一切，只身回国，她的内心藏着不被人理解的痛苦秘密："得不到男人的爱，那就爱自己。"她在这种自我暗示中度过了平静的几个月，但是，一个精神病患者——桑雪的出现打破了这种表面的平静。故事于是在两个女人之间展开，她们都是受害者，同时又都渴望得到疗愈。既然是受害者，信任别人就成为一个难题，在这里，我们读懂了萨特那句恶狠狠的断语：他人即地狱。非常有意思的是，萨特的这句话如果放到《疗伤课》的语境中，"他"天然指向男性主体。对于桑雪来说，男人作为一种地狱般的存在是事实，而司南，可能是那个引领她上升的女性。

这是一个奇怪的文本。萨德式的邪恶和但丁式的神圣同时并存，交织成一幅现代女性的自我救赎之图景。故事的高潮在于游船上的独白——桑雪选择说出，不仅是对司南，同时也是对所有的男人和女人，她大声地说——同时也是一种控诉：她如何遭到男人的羞辱和压迫，她的痛苦和挣扎。这是这个故事最精彩的部分，是名副其实的惊心动魄的一幕，我想每一位读者都能在这种莎士比亚式的戏剧独白中感受到刺穿内心的力量。作为一个男性读者，我在此独白前感到了一种强烈的羞愧感。在这个意义上，作为叙述者的蒋一谈是成功的，他戴上桑雪的面具释放出了女性反抗的力量。

这最后一篇同时也是对第一篇的解构。在《茶馆夜谈》里，以父亲形象出现的男人对女主人公谆谆教导，他全知全能地规划着两个女人的未来。而最后我们发现，以父亲形象出现的男人不过是一个冷酷的刽子手、一个被色欲控制的变态狂，他讲述的并非温情脉脉的关于爱的故事，或者说，在表面爱的谎言的掩饰下，不过是一个千百年来不断重复的男人对女人的压迫、控制和剥削的故事。

这是最后的真相。还好，获救的希望一如既往地被延续。小说的最后一句是："我们的期待全在彼此的眼神里。"疗伤课至此结束，两个伤痕累累的女人"手拉手,面对面,在水里说不出话来"。故事停止,叙述已然多余,请自高自大的男人们闭嘴吧(包括叙述者蒋一谈),让我们谨记茨维塔耶娃的忠告:"让男人们不要再打扰女人。"

2012 年 7 月 5 日初稿
2012 年 10 月 5 日改定

在时间之中想象和书写

——《岁月的颗粒》阅读手记

一

一切都要从时间说起——时间,这魔鬼的毒药和上帝的幻灵。人在时间里诞生、成长、衰老,接受它给予的欢欣喜悦和痛苦恐惧。哲人说"逝者如斯夫,不舍昼夜",哲人又说"人不能踏进同一条河流"。无论是伤春悲秋还是辩证法的思考,时间就这么无情地完成对人的塑造。波兰作家托卡尔丘克在《怪诞故事集》①里有一个小短篇《旅客》,写一个男孩从孩童时期就活在一种奇怪的梦魇之中,不知道从何而来也不知道缘何而起,但是在枕边、房间和人群中,那种梦魇的压抑和恐惧总是瞬间袭来。很多年以后,男孩长成了中年人、老年人,有一天晚上他照着镜子,看到镜子里面那张越来越像父亲的脸,他突然明白了自己恐惧的根源——他变成了父亲的样子,他没有办法挣脱血缘和基因的族谱,进而言之,他无法摆脱时间的囚牢和既定的命运。小说至此戛然而止,留下了一个意味深长的空白。

---

① 〔波兰〕奥尔加·托卡尔丘克:《怪诞故事集》,李怡楠译,浙江文艺出版社2020年版。

或者可以说这一留下的"空白"正是梁鸿鹰思考的起点。在《被岁月和父亲所塑造》①中，他这么写道：

> 他异常沮丧地发现，自己和晚年的父亲越来越相像。这个自己最不想看到的局面，猝然地、宿命地出现了，令他无可辩白。五十岁那年有天照了个标准像，取回来着实吃了一惊：自己与父亲墓碑上的那一幅出奇地相像——脸微胖，短头发，目光直视，嘴边略带嘲讽的笑容，像得让他无法躲藏，被迫接受这不想接受的事实。
>
> 他这才意识到，父亲的优点，父亲的毛病，父亲走路的步态，包括说话时不时出现的别人听不清楚的字眼，咳嗽时努着劲的声响，出门儿就想往地上吐痰的毛病，以及越来越喜欢吃面食、喝酸汤，吃饭坐不踏实，吃两口就要离桌溜达，等等，等等，如影随形，移步换形，都百分百地移换到了自己身上。他明白自己终究是父亲的儿子，如同曹禺话剧《雷雨》中繁漪对周朴园的儿子说的那样。

为什么会这样？怎么办？是什么样的父亲和什么样的时间塑造了什么样的"我"？问题再一次回到了哲学的起源，也是人生的天问。不过，梁鸿鹰没有沉默无语，而是如老牛反刍般地将过往的一切卷入自己思考的胃和大脑中，他要厘清这些的来龙去脉——虽然事实将一再证明这是多么不可靠，但写作却正是在这不可靠中找到价值和意义。不管怎么说，一旦思考和书写开始，时间就不再享有独占的统治权，现在，它要被思考、被打量，它要被作者反向塑造，时间由此重新开始，并被分割成不同的点、不同的面、不同的单元和网格。注视的目光时而轻盈时而沉重，时而恍惚时而凝练，由此呈现出一幅斑驳的历史油画。

---

① 梁鸿鹰：《被岁月和父亲所塑造》，见《岁月的颗粒》，北京十月文艺出版社2021年版，第95—96页。本文所引原文未加特别注释的均来自这个版本。

二

　　一切都是回忆、旧时光和过去的物事。经典作家们的写作提供了足够多的范例。马尔克斯《百年孤独》开篇第一句是："多年以后，面对行刑队，奥雷里亚诺·布恩迪亚上校将会回想起父亲带他去见识冰块的那个遥远的下午"，一个家族百年的历史故事由此徐徐展开；深受马尔克斯影响的中国作家莫言的代表作《红高粱》采用了类似的视角，"我奶奶""我父亲"在"我"的叙述中获得了更丰满的生命。回忆打开了经验的闸门，过往的生活经过回忆的积淀变得生动饱满，好像粮食酿造为美酒。梁鸿鹰是训练有素的批评家，他应该对这些经典作家的写作非常熟悉，《岁月的颗粒》的第一篇就是《最初的年头》，梁鸿鹰连续引用了三句话作为题记，分别是：

可是凭什么说写这部作品的时候还没有到来呢？
　　　　　　　　　　——〔俄〕左琴科《幸福的钥匙·序》
时间是主要的破坏者。
　　　　　　　　　　——〔古希腊〕亚里士多德
了解一个孩子最初六年的生活，也就可以了解他以后的生活。
　　　　　　　　　　——〔英〕拉迪亚德·吉卜林《谈谈我自己》

　　这些引文可以说不仅为这一单篇作品奠定了叙述的视角，同时也为整本散文集奠定了叙述的基调，这是一种基于对"最初""起源"和"开始"的追忆，梁鸿鹰知道这一"最初时刻"的重要性，他确定他的叙述就应该像吉卜林那样，回到童年和故乡。但是他同时又没有吉卜林的那种笃信，童年和故乡固然是真实的时间和空间存在，但是关于这一些的记忆是真实的吗？如果记忆总是被篡改、剪辑和重构，那么，叙述者应该掌握何种分寸和限度？

　　本文的主人公经常发现求证出人生"最初始"印象的困难。
　　这难道不是很正常的吗？比如，这一辈子见到的第一个人，谁也说不了实话；听到的第一声鸡叫，总要和以前的记忆打架；吃下的第一餐饭，那肯定早就随着时间的推移当饭吃了，在记忆中不留丝毫痕迹。

人们在此生最初阶段见到的、听到的、感受到的，迟早有一天会被重构，或者不断获得新的解释。

这或许就是梁鸿鹰的叙述基调，在确定和不确定中摇摆，在真实和非真实中徘徊，在记忆的物质性和虚构性中辗转。他并没有预设一个固定的叙述视角，也不愿意单一性地呈现，他试图展示的，是一个覆盖式的记忆过程，破坏，重组，在裂隙处开始，又重新发现更多的裂隙。他同时也展示了一种叙述上的犹豫不决，顾左右而言他，跳跃，中断，在这个意义上，他提供了一种不是那么可靠的叙述。这正是这本散文集让我最感兴趣的地方之一，"可靠的叙述"并通过这种"可靠的叙述"获得读者的阅读信任，这几乎是传统散文写作的"金科玉律"，但是梁鸿鹰的写作提供了一个更加现代性的方式，以"不可靠的叙述"来获得更可靠的"阅读信任"。至少对我来说这一效果实现了，确定无疑的叙述只会让现代读者厌倦且感到"假和空"，而"不可靠的叙述"让感知的空间得到了扩展，让阅读者的心灵能够更多地参与到这一空间中来并获得审美的洗涤。

与那些现代经典作家一样，梁鸿鹰也通过叙述——即使是不可靠的叙述，建构了一个相对具有边界的文学叙述时空，这一时空在时间上大概涵括1970年代以来的中国当代历史，在空间上以其童年生活过的某北方县城为主体。在这一时空里，个人时间与历史时间相互交织，个人生活也与时代发展紧密共生，因此，从个人叙述出发，抵达的却是鲜活的中国当代人的生活状态和生命情状。散文集中的《火车进站》集中体现了这种互动关系：

最重要的是，火车站有火车这个能够看得见、摸得着的庞然大物，这个乌黑的钢铁设备，是我们见得到的最伟大的文明象征，是大家想象所及的最了不起的可移动存在，梦中绝对的精神与物质主角。它体积庞大、能量无限、威力无边、坚不可摧，声响和体魄足以慑服任何一个见到它的人。

……

　　在小镇的日常生活中，从来没有任何场所、物体，能够比得上火车给人们的那么充足的想象。慑服大家的，也许不是体量、声响，而是带来的未知与可能。耳边火车嘶鸣的机会，每天虽只有数得着的几次，却必不可少，它们提醒着市民们的生活与世界上最先进的设施有关，小镇和外部世界存在着正常联系。

　　这两段关于"火车"的文字足够精彩，1970年代的火车具体形象地闯入了小城的生活，它带来了足够丰富的物质材料和精神材料，前者改变了个人生活，后者丰富了个人想象，叙述者"我"热切地参与到这种与火车、童年和现代性有关的生活中去。与此同时，一个个人，一件件事，也浮出了时间的地表。

三

　　一切他者都在追忆中显影。首先是奶妈。一个暧昧的角色，不是母亲，却承担着母亲的功能；没有血缘，却又和抚养对象之间产生了超出血缘的亲密关系。在开篇的《最初的年头》，奶妈和爷爷、姥姥、父母都出现了，但是奶妈并没有成为叙述的主角，这一篇的叙述主角是叙述者自己，他将自己的一生置于一个回溯的视野，就像录像带倒带一样，他在这"倒带"中看到了自我生命最初的不堪和张皇：被抱到临终的爷爷面前而吓哭了；出生后没喝上几口母亲的奶水；被抱养到乡下的奶妈家里……但是关于奶妈的记忆却不全部是温暖的、感恩的，恰好相反，是带有一点点羞于回忆以及难以说出口的感觉，这感觉并非不知道感恩，而是来自身份意识的挣扎：

　　他并不愿意承认曾经与他们息息相关，说真话，他不愿承认与这家人在一起睡过一盘炕，最主要的是不愿意承认自己曾经在乡下生活过。就因为这个，他曾经从心中涌出来的感激之情，一遍遍被压抑下去，被不愿意提及"乡下"这个字眼的念头而压抑了下去。

一种类似于高加林式的"城乡区隔"在这里被呈现了，这暗示了梁鸿鹰精神结构的 80 年代资源。与高加林不同的是，他占据的是"城市"这一更优先的位置。对这种身份意识——它在中国的当代社会结构中被不断地强化——的反思和批评，构成了关于奶妈这一书写的形而上的层面。在另外一篇更长的文章《遥远的奶妈和她的孩子们》中，叙述者开篇即宣布：

> 我想好怎么写奶妈了。

这不是简单的修辞层面的"想好"，而更是一种"思想自我改造"过程的完成，这里面有一种如释重负的吁叹，这一吁叹完成之后，意味着叙述者不再被那种世俗的身份意识所束缚，而是回到生命和生活本真的部分，这也是这部散文所要追求的目标：净化并提升生命，由此，关于奶妈的文字为之一变：

> 奶妈，这个与女人的乳汁和肉体紧密联系的字眼，永远是亲切、勤劳、奉献的，作为别人家孩子的一时恩人，奶妈暂时替代别人家的母亲，只因为她有施人恩泽的资质和条件，她成为一时之选，但她的付出、美德，理应在人的记忆里长久留存。

奶妈的存在理由与母亲相关。母亲，一个亘古不变的人类话题，她是孕育、起源和爱的象征，她是文学和艺术的母题，在无数的想象和书写中积淀和寄托着各种丰富复杂的情感。每一个母亲都是无数个母亲的组合和投影，每一个母亲又是那么具体、现实，与那个"理想的母亲"发生着偏离。梁鸿鹰的母亲书写就在这"理想的母亲"和"现实的母亲"之间辗转。"理想的母亲"是美丽的、优雅的，集中了时代女性的风姿和气质：

> 不管到什么地方，她都能很快引起人们的注意。美丽如无声

的流言，走到哪里传到哪里，她的美貌从未被加冕，却是普遍共识。她脸部轮廓清晰，高鼻深眼，举止娴雅，气质卓异，每到一地都令人难忘。

人们都说我母亲身上有种超脱于俗世的清新之气，爱思考，凡事不刻意，从不知道什么叫刻意，无论什么样的举止、穿着，只要出自她，都会带来天然去雕饰的效果。她不爱打扮自己，她的傲然、随性，如被描写出来，会像朱利安·巴恩斯写下"居斯塔夫独自和一条金鱼吃午餐"一样无聊。

而"现实的母亲"却是另一番模样：肺结核、病恹恹、易怒、过于挑剔，这是一个被生活和疾病折磨得面目全非的母亲：

> 妈妈年仅三十岁出头，已经两肺空洞多处，病情严重到无法工作，只能在家休息。她不得不克制着自己，回避主动亲近自己的孩子。亲吻、拥抱、溺爱、游戏，在别人家是日常的内容，在我们家里却是不言而喻的禁忌。

在不同的关于母亲的记忆中，梁鸿鹰的叙述出现了极大的暧昧和摇摆，他有时候会沉湎于美好的想象不能自拔，有时候又突然抽身而出，以一种异常冷峻的眼光审视着那些"美好"，这种叙述也许暗示了他对母亲某种"爱憎交织"的情绪，背后是复杂的心理动因和记忆机制——也许更值得心理学家去探究。但从叙述的角度看，这种暧昧和摇摆却是非常成功的笔法，在不断地闪回中建构了一个丰富立体的母亲形象。

相对来说，父亲在梁鸿鹰的笔下显得更加现实一些。虽然温情的细节也偶尔出现，比如带他一起去火车站接人，比如大方地给他一点零钱去买书。但是整体来说，父亲的"负面形象"要远远大于他的"正面形象"，他抽烟、酗酒、大男子主义、生活习惯差：

> 实情真的是这样。父亲的生活方式非常糟糕。烟、酒作为他的生命和生活方式占用了家里过多的时间。每天抽三四盒烟，一

个人花在饭桌上的时间超过一般人的三四倍，家里的时间被他过多主导、占用和挥霍。早饭是边吃饭边喝茶边抽烟。烧卖、馄饨、豆腐脑，样样油大、味重、滚烫，吃一两个小时，对他来说是常事儿。中午回家吃饭要喝酒，而且进门就开喝，凉菜、酱豆腐、白酒、浓茶、香烟，一样不能少。蹲在沙发上，喝到饭熟端上来，总得一两个小时，吃喝完倒头便睡。晚上回来吃饭，照样重复中午的程序，只不过时间拖得更长，微醺之后才肯上床。

他给我们的叙述者带来了强烈的压迫感，他唯一的理想就是逃离这种生活，并以成为一个和父亲不一样的人为人生的奋斗目标。他成功地逃离了小城的生活，并在世俗的意义上超越了父亲。但是，生命的悖论在于，他永远无法摆脱血缘、基因和深深镌刻在他身心内部的父亲密码。于是，越是想摆脱父亲，却越是成为父亲，越是成为父亲，就越是意识到父亲的"负面"不仅仅是历史和记忆，也是自己的当下生活，理解在这样的悖论中获得了哲学层面的升华：

   他自以为足够了解父亲，其实不然，他至今无力揭开父亲内心深处的那些幽暗，去探个究竟。因为自己内心同样躲着个野兽，要伺机挣脱牢笼，摇摇晃晃地出来觅食、吃肉、发飙。

——要理解父亲，先要理解自己。

四

一切都必须建立在视角的基础上。尼采在他的一系列作品里强调视角的重要性，他认为视角是所有生活的基本条件，这也是现代以来影响广泛的道德视角主义的滥觞。全知全能的上帝视角被一再证明是专断的、霸权的，它带来了单一性叙述和单一性的价值立场，而多元化的视角则可以呈现复调式的叙述效果和具有歧义性的价值判断。

很多批评家已经注意到《岁月的颗粒》最有特色的地方之一就在于使

用了多人称的叙述视角。"这部散文集,给人的第一印象是写作者在人称选择上的用心:《最初的年头》《世上最寒冷的那个早晨》《被岁月和父亲所塑造》等篇用的是第三人称,《火车进站》《母亲与我的十二年》《书店不完全往事》等篇用的是第一人称,而《哦,那一年的高考与假日》则使用了第二人称。更有意味的是,在编排上,作者有意将同一题材的两种人称先后并置,比如追忆母亲的《世上最寒冷的那个早晨》与《母亲与我的十二年》,几乎像是一种提醒,同是'缀文者情动而辞发',在'他'与'我'的抒情人称的转换中,其实关涉抒情主体以怎样的方式介入回忆情境的考量。"①批评家汪政更是将梁鸿鹰的这一叙述方式概括为"将人称作为方法"②。这当然是梁鸿鹰的自觉尝试,在自序中他已经有所交代:

> 我不想平铺直叙,而是想让形式感更强一些。那些通往文学世界的种种策略和路径始终诱惑着我,不顾是否弄巧成拙。比方人称,你、我、他三个人称,单独使用,还是混合使用;比方视角,受局限的,全知全能的,以及混合使用;比方时间,不管是纵向线性的,还是横向纵向结合,如何处理?我做了些尝试。

但是很明显,梁鸿鹰更多是从形式的角度去考虑这个问题,而批评家受到他的暗示或者影响,也往往从形式和修辞的角度去讨论"人称"的功能性作用,正如我在前文铺陈的,人称作为视角主义的具体化呈现,其实不仅仅是一个"形式"问题,而更是指向一种"内容",也就是说,每一种人称其实关涉不同的道德生活和价值生活,人称的复杂化,也就意味着生活内容和价值观念的复杂化。

文体也正是在这一点上具有了相同的意义。正如批评家所看到的:"如果从文体的角度说,这部散文集还有许多的特色,如书信(《盈盈尺素》)、对话(《一次邂逅》)、日记(《1978年日记所见》),正是这些显在

---

① 马兵:《"我们的主人公"或升堂入室的"赤子"——〈岁月的颗粒〉读札》,未刊。
② 汪政:《将人称作为方法——梁鸿鹰散文〈岁月的颗粒〉的文体艺术》,未刊。

的文体特征使这部散文集在当下的散文创作中显得卓尔不群。"[1] 在我看来，书信、对话、日记是非常具有表征性的文体，因此很容易辨认，不容易辨认的则是那些埋藏在看似散文书写后面的"文体意识"，比如批评，我们不要忘记梁鸿鹰日常从事的主要写作方式是批评，散文集里的辩驳、反思、议论无不体现着一个批评家的理性思维和理论素养。又比如小说，散文集里的一些篇章几乎可以当成小说来阅读，最典型的一篇是《书店不完全往事》，小金多像屠格涅夫或者契诃夫作品中那些美丽、卑微、坚韧的女主人公。再比如诗歌，这并非指散文集中引用了很多的诗歌，而是指整个作品集有一种恰当的节奏感，这一节奏感，来自梁鸿鹰通过叙述所建构起来的诗意。

总而言之，视角多元而文备总体，这正是梁鸿鹰这部散文集富有创造力的尝试。

五

一切的开始都意味着结束，结束同时又是开始。梁鸿鹰善于在文章的开篇引用经典作家的经典论述来进行一种互文，我也借用其中的两句，来作为我这篇批评文章的结尾/开始：

人是世界的轴。[2]
还是开始动笔吧！[3]

2021年10月26日

---

[1] 汪政：《将人称作为方法——梁鸿鹰散文〈岁月的颗粒〉的文体艺术》，未刊。
[2] 〔苏〕高尔基"安东·契诃夫"：《文学写照》，见梁鸿鹰：《岁月的颗粒》，北京十月文艺出版社2021年版，第103页。
[3] 〔美〕J. H. 赫克斯特：《历史的修辞》，见梁鸿鹰：《岁月的颗粒》，北京十月文艺出版社2021年版，第58页。

从效率叙事到公平叙事
——由《钢的城》兼论改革文学的新变

一、工业题材与改革文学的"合题"

在中国当代文学写作谱系里，工业题材作品一直是一种独特的存在，相对于革命历史题材、农村题材和知识分子题材，它提供的经典作品或许稍少，但是往往构成一个时期重要的写作现象，并能够引起广泛的社会关注。如"十七年"时期的《乘风破浪》《沸腾的群山》[①]，1980年代的《乔厂长上任记》《沉重的翅膀》《新星》[②]，1990年代后期的《大厂》《抉择》[③]等等，与之关联的概念"改革文学""现实主义冲击波"等已然成为文学史上的专有名词。工业作为国民经济的支柱之一，以其作为写作的某一类"题材"，暗含了社会主义国家对工业这一生产体系、社会部门以及从业人员（管理者和产业工人）的想象和规划。在"十七年"的工业题

[①] 草明：《乘风破浪》，作家出版社1959年版。李云德：《沸腾的群山》，人民文学出版社1965年版。

[②] 蒋子龙：《乔厂长上任记》，初刊于《人民文学》1979年第7期。张洁：《沉重的翅膀》，初刊于《十月》1981年第4—5期；初版本于1981年由人民文学出版社出版，删改后的修订本于1984年由同一出版社出版。柯云路：《新星》，初刊于《当代》增刊1984年第3期；初版本于1985年由人民文学出版社出版。

[③] 谈歌：《大厂》，初刊于《人民文学》1996年第1期。张平：《抉择》，初刊于《啄木鸟》1997年第2—4期；初版本于1997年由群众出版社出版。

材小说作品中，落实新生的社会主义国家对工业的改造和规划是其主要的意识形态指向。在1980年代的"改革文学"中，通过对旧有工业管理体制的"破"，"立"的是1980年代"走向现代化"的普遍愿景。在1990年代的"现实主义冲击波"这一写作潮流中，直面国企改革的阵痛，完成新一轮的产业升级、产业转型并建立现代性的企业管理机制，是书写的历史背景；与此同时，在这一改革过程中所暴露出来的下岗、失业、腐败、国有资产流失等问题也是书写的主要内容——虽然这些问题在现实政策的层面都得到了一定程度的解决，但是，它们在书写的层面还一直被延续，尤其是其负面遗产，甚至构成了一个小小的文学传统。比如在最近这些年的"东北书写"里，其实是以"子辈"的视角来反刍这一段历史，不过与1990年代的宏大叙事相比，这一批作品更重视个体在历史中的现实失落和精神创伤。如此说来，工业题材书写的一大特点在于其高度的"社会化"指向，作为写作的取景器，它可以最大程度地呈现国家、社会与个人在特殊历史场域中的运行，并能够呈现出丰富的情感结构和精神景观。

进入新世纪以来，题材的分类法不再被视作一种有效的描述方式，当代文学写作越来越呈现出一种碎片化、原子化的"无法归类"的倾向。但这并非意味着"题材"的势能已经完全消失，事实是，虽然"题材"不再被置于指认文学作品的中心位置，但它依然隐含在各色写作之中并发挥着一定的界定作用。在这个意义上，题材的意涵不是消失了，而是扩散了，我们可以在《中国在梁庄》《陌上》《宝水》等作品中辨认出农村题材，在《应物兄》《北鸢》等作品中辨认出知识分子题材，在《人世间》《长安》等作品中辨认出工业题材。[1]题材的后退、隐身和匿名暗示了一个时代文学认定标准的转化，文学不再被视作国民经济领域的直接延伸，而是需要经过复杂的转化过程。在这一过程中，社会问题被想象性地处理为故事、情节和冲突，价值立场被塑造为人物形象，审美被象征为结构和

---

[1] 梁鸿：《中国在梁庄》，江苏人民出版社2011年版。付秀莹：《陌上》，北京十月文艺出版社2016年版。乔叶：《宝水》，北京十月文艺出版社2022年版。李洱：《应物兄》，人民文学出版社2018年版。葛亮：《北鸢》，人民文学出版社2016年版。梁晓声：《人世间》，中国青年出版社2017年版。阿莹：《长安》，作家出版社2021年版。

语言，如此才可以说，一部合格的文学作品诞生了。如果从这个角度看，在近些年的长篇小说写作中，罗日新的《钢的城》可以称之为一部典型之作。《钢的城》分上下部首发于《十月》杂志，后来由人民文学出版社出版五十五万字的单行本。① 小说以大型钢铁企业湖北临钢的改革转型为主干故事，串联起1993至2018年长达二十多年间中国钢铁行业的发展演变历史，塑造了易国兴、祝大昌、俞钢、祝国祥等四十多个人物形象，遍及企业领导者、普通产业工人、技术骨干、民营企业家、无业游民等等。在该书封底有这样的介绍文字："这是一本写中国工业的书，也是一本写中国改革者的书，更是一本写中国工人的书，字里行间都带着中国钢铁工业发展的印记，带着钢铁改革者骨子里的担当和情义，更带着一代代钢铁人心中如钢花般璀璨的未来畅想。"② 这一段话虽然稍微带有"营销"的嫌疑，但也概括出了部分事实，即借助对钢铁这一行业的全景式书写，罗日新的写作不仅回应了1980年代的改革文学，也回应了1990年代的"现实主义冲击波"。在这个意义上，这是一部带有总结意义的写作，"工业题材和改革文学"在此天然地变成了一个合题，《钢的城》的写作由此具有了丰富的可读性：它一方面延续了1980年代以来改革以及改革文学面临的问题，另一方面又展示了作为总体意义上的"改革书写"——从主题类型学的角度看，可以认为"五四"以来中国绝大部分小说都是一种广义上的改革小说——在当下的症候和可能。

二、"危机""效率"与"公平"

中国现代文学自肇始之初，就与危机叙事密切相关。无论是梁启超的《新中国未来记》还是鲁迅的《狂人日记》，对"老旧中国"的"危机感"是其写作的动力之一，而对这一危机叙事的克服构成了中国现代文学的内在性装置，在这一装置下，其克服的低级阶段是"问题小说"，其克服的

---

① 《钢的城》第一部、第二部分别发表于《十月》2019年第5期、2022年第1期。初版本于2022年由人民文学社出版。

② 罗日新：《钢的城》，人民文学出版社2022年版，封底。

高级阶段则是"革命叙事"。"危机—克服危机—新的危机"不仅构成了小说叙事的主要模式，同时也构成了文学史前后延续的谱系。可以说，危机叙事构成了中国现当代文学书写的重要传统之一。在1980年代以来的文学书写中，由于国内的危机和矛盾早已是人民内部矛盾，因此克服危机之高级阶段的"革命叙事"失去了其合法性，但仅仅是"问题小说"的叙事又不足以解决危机，于是，一种介于"问题小说"和"革命叙事"之间的"改革叙事"应运而生。可以说，"改革叙事"是一种改良版的"革命叙事"，它一方面借鉴了"革命叙事"的浪漫传奇和典型人物的美学风格，另外一方面又将对危机的克服控制在一个"安全"的程度——至少在文本的范畴内可以获得一种自洽的解决。

当然，不同历史时期的改革叙事，其针对的危机以及克服危机的方式也各不相同。具体来说，在1980年代初期的改革叙事中，其针对的是"文革"造成的社会经济普遍瘫痪的危机，克服这一危机的办法是召唤一种"改革强人"，比如《乔厂长上任记》中的厂长乔光朴，《新星》中的县委书记李向南等等，这些"改革强人"大刀阔斧推行改革，打破政治挂帅的旧有管理模式，重新激活了企业和社会的活力。在1990年代的改革叙事中，其针对的主要是国有企业，尤其是大型国企资不抵债、经营不力、产业结构落后、无法适应世界市场产品竞争的危机，这与中国在1990年代努力争取加入WTO，试图加入全球产业链的政治经济诉求密切相关。克服这一危机当然也需要召唤具有现代管理经验的强大"个人"来推行改革，但是这些"个人"却很难成为"改革强人"，1990年代普遍的社会风气并不鼓励乔光朴、李向南那样具有政治家气质的改革者出现，这意味着1990年代的改革叙事需要创造出一种新的克服危机的方法和逻辑。

罗日新的《钢的城》从1993年临钢的改革写起，对应的正好是1990年代的改革叙事。但有意思的是，虽然是写1990年代的改革故事，小说开篇却颇具1980年代特色：万人大企业临钢入不敷出，发不出工资，生产停滞，易国兴临危受命出任厂长。在宣布任命之前，易国兴轻车简从，一个人来到临钢深入基层，巡查暗访各生产车间，并火线处理了一批消极怠工的工人。这些情节与《乔厂长上任记》里面的很多细节形成了"互文"，难免会让读者产生疑问，这难道又是另一个乔光朴的故事？考虑到罗日新出生于 1960 年代，1980 年代的改革小说可能是其青少年时期极为重要的读物，这种参考借鉴也在情理之中，但是这并非问题的关键。问题的关键是，虽然《钢的城》的开篇让我们有进入 1980 年代的错觉，但很快我们就会发现，易国兴在《钢的城》里面并非一个"全能型"且"完全正确"的改革者形象，这一点是他与乔光朴、李向南等人的本质区别。因为在研究者看来，乔光朴、李向南等人的"强人形象"中隐藏着另外一种专制和独断，并因此与他们要改革的对象沦为一体。[①] 同时在文本的价值导向上，在乔光朴和李向南趋于"完美"的人设中，投射了叙述者过分的认同。而在《钢的城》里，易国兴虽然给人带来希望，却并非全知全能，相反，他有诸多人性的弱点：好大喜功，被下属蒙蔽，在临钢发展的重大决策上也出现了"放弃特钢炼普钢"的重大失误；他也缺乏乔光朴、李向南身上那种"克里斯马"（charisma）式人格魅力——对这种人格魅力的迷恋是某种特殊政治的心理产物——在《乔厂长上任记》《新星》中，一众人物都被这种人格魅力所征服，即使是他们的反对派。在《钢的城》里，易国兴作为敢想敢干的改革派，确实也有一定的性格特点，却远远没有到达"魅力超群"的地步。实际上，从易国兴到临钢推行改革开始，对他的怀疑、不信任和反对就没有停止过，比如刚开始减员下岗，就遭到了周厂长、鲁厂长等基层管理者的直接反对；又比如转炼普钢，撤掉钢研所，遭到了党委副书记冯为泰的反对；再比如要改建临钢的老大门，更是遭到了包括离退休老工人在内的普通职工的一致反对，最后只好不了了之。《钢的城》用了近二十七万字的篇幅写易国兴的"临钢改革"，但直到最后他败走麦城的时候，他的人格魅力反而有了一定程度的提升。如果将"乔光朴—易国兴"理解为一个改革者的家族谱系，我们会发现，易国兴的失败意味着 1980 年代式改革叙事模式的终结，强人式的改革只会走向事情的反面，

[①] 大量的研究文章都指出了乔光朴、李向南所代表的"强人政治"和"清官意识"是传统的、非现代的，可能会对中国的现代化转型带来负面影响。可参考李书磊：《〈新星〉的英雄主义基调批判》，《文学自由谈》1988 年第 5 期；庄礼伟：《〈新星〉的〈夜与昼〉》，《南风窗》2007 年第 7 期；杨庆祥：《〈新星〉与体制内改革叙事——兼及对改革文学的反思》，《南方文坛》2009 年第 5 期。

而集体智慧、群策群力才能真正保证改革顺利完成。

1990年代国企改革的大背景是邓小平南方谈话推动的社会主义市场经济体制改革,在这一"春天的故事"里,除了危机叙事以外,一种更占据主导地位的叙事被强化为主导型叙事,那就是"效率叙事"——这一叙事尤其建立在指认国有企业效率低下的基础之上,虽然一些学者对这一指认并不赞同:"在理念的层面,常常是一说国有企业就一定是所谓低效率,其实国企有很多并不是一直低效率的,有的过去还搞得很好。"① 但无论如何,以"减员增效"为口号的效率论叙事几乎覆盖了1990年代全部的改革路径。其中最有症候性的一个细节是在长篇小说《抉择》中,下岗工人质问相关领导:"你究竟还要不要社会主义?"这一可能引发"叙事迷乱"的尖锐质问在随后的电影版本里被删掉。②

"效率叙事"其来有自。自外而言,新自由主义1990年代借助其强大的经贸辐射能力和话语塑造能力将"效率论"推广到了几乎所有迫切加入现代化的国家。自内而言,"效率叙事"实际上在社会主义中国草蛇灰线,延绵不绝,比如自1950年代即告开启的"五年计划"就是非常典型的效率叙事,不过"赶英超美""跑步进入共产主义"之类的宣传口号让社会主义的"效率叙事"丧失了其本来的严肃性。1990年代的"效率叙事"摆脱了政治的假大空而落实到具体的管理科学和计件绩效的层面。"效率叙事"固然也指向现代化叙事的远景,但更多却是与产量、销量、工资、奖金等现实利益挂钩。

《钢的城》以国企改革为主要故事内容,当然无法绕开"效率叙事",实际上,易国兴的改革正是以"效率"为其方法和武器:"时移势易,现在是改革开放的年代,发展是硬道理。我们不砸烂铁饭碗,养懒汉,养娇子,

---

① 黄平、姚洋、韩毓海:《我们的时代——现实中国从哪里来,向哪里去》,中央编译出版社2006年版,第339页。

② 张平:《抉择》,初刊于《啄木鸟》1997年第2—4期;初版本于1997年由群众出版社出版。该小说出版后改编成电影《生死抉择》在全国公映,因其直面国企改革中的下岗、权力寻租、腐败等尖锐社会问题而引起巨大反响。

那厂子只有死路一条"①，为了达到"减员增效"的目的，易国兴大刀阔斧，临钢七万工人被下岗分流了近六万人！事实证明，这一效率改革确实让临钢一度起死回生。但《钢的城》最有深度的地方在于它意识到了这种单一的"效率叙事"所隐藏的负面效果：历史虚无和主体矮化。前者指的是"效率叙事"往往会斩断历史，宣布一切从当下开始；而主体矮化则指在"效率叙事"中所有人都变成了工具人，是效率实现其自我扩张的工具而不是目的。基于对这些"效率叙事"负面的纠正，《钢的城》提供了一种可以称之为"公平叙事"的叙事方式来制衡"效率叙事"。在小说中，冯为泰、祝大昌等钢厂的子弟、老工人是这一叙事伦理的主要代表力量。冯为泰、祝大昌等人一方面支持易国兴的改革，因为他们知道改革是大势所趋，不改革临钢就没有出路；但另一方面，他们希望在改革中尊重临钢的历史、尊重在临钢长期工作劳动的一线普通工人，比如在产品转型上反对全盘放弃临钢的拳头产品特型钢，在下岗分流上反对"一刀切"让大量工人下岗，而是希望分批分步走，给工人找更多的出路。

可以说，《钢的城》的主要矛盾冲突其实就是"效率叙事"和"公平叙事"的冲突，这一冲突其实也是1990年代以来中国改革发展所内含的原问题，"这不是简单的要效益还是要公平的问题，更不是哪个重一点哪个轻一点的问题。而是什么样的制度安排更能使普通工人不仅在经济上受益，在政治意义上也有参与权利，不论是直接的，还是间接的。"②《钢的城》以小说的方式将此问题予以了形象而具体的呈现。作为一个工人出身的作家，罗日新对工人阶级充满了深厚的兄弟情谊，因此，"有公平的效率和有效率的公平"可能是他给出的答案，他把这个答案的实现寄托在工人阶级自己身上，并从马克思主义的"劳工理论"中找到了思想资源。在易国兴卸任临钢总经理之际，冯为泰的一番肺腑之言可以说是对"效率"与"公平"的辩证关系做了总结："如果说你有问题，我倒感觉根源是心里只有效益，没有人。你把人当成了没有感情的数字，六万人，说下岗就

---

① 罗日新：《钢的城》，人民文学出版社2022年版，第40页。
② 黄平、姚洋、韩毓海：《我们的时代——现实中国从哪里来，向哪里去》，中央编译出版社2006年版，第335页。

下岗，也不想想这六万人下岗后怎么生活……可人都减了，企业还靠什么赚钱、靠什么发展？即便赚了钱，又有什么用呢？"①易国兴幡然醒悟，在德国休假期间，他专门去特里尔小城瞻仰了马克思的故居。《钢的城》在寻找来时路的同时，克服了"效率叙事"，并发展出了以"劳工神圣"为核心的人本主义改革叙事。

三、改革书写：南方、东北与中部

我在《九十年代：记忆、建构与反思》一文中曾将"90年代文学"划分为两个部分："一方面是在90年代的写作，比如陈忠实的《白鹿原》、贾平凹的《废都》、王朔的小说、王小波的杂文、张承志的散文等等。这些写作从不同的侧面传递出90年代的社会现实和生命意志，具有极强的现场感。另一方面是21世纪关于90年代的书写，也就是更年轻的作家对90年代的书写。比如路内的长篇小说《雾行者》和周嘉宁的中篇小说《浪的景观》，这些小说的写作者同时具有亲历者和局外人的视角，这使得这些他们关于90年代的书写既有一种亲密感同时也有一种疏离感——这构成了一种富有张力的历史感觉。"②实际上，21世纪以来，站在新的历史节点书写90年代的文学作品和影视作品已呈现喷涌之势，其中文学作品如《平原上的摩西》《茧》《雾行者》《血色莫扎特》《南货店》《浪的景观》等，③影视作品如《铁西区》《钢的琴》《周渔的火车》《二十四

---

① 罗日新：《钢的城》，人民文学出版社2022年版，第278页。
② 杨庆祥：《九十年代：记忆、建构与反思》，《中国现代文学研究丛刊》2022年第12期。
③ 双雪涛：《平原上的摩西》，百花文艺出版社2016年版。张悦然：《茧》，人民文学出版社2016年版。路内：《雾行者》，上海三联书店2019年版。房伟：《血色莫扎特》，北京十月文艺出版社2020年版。张忌：《南货店》，中信出版社2020年版。周嘉宁：《浪的景观》，上海文艺出版社2022年版。

城记》①等。这些作品组成了一个关于90年代的形象学，在这一形象学中，以大型能源型城市的衰败和大型国有企业的改制最具有辨识度，其中，以王兵、张猛、双雪涛等为代表的"东北叙事"又最为典型。

《钢的城》完成于2018年，从写作时间上看属于"21世纪关于90年代的书写"的后发作品；从文学地理的角度看，临钢位于湖北黄石，相对于山西和东北的北方区位，以及90年代改革的排头兵深圳、珠海等地的南方区位，临钢属于中部区位。如此一来，我们可以发现关于90年代的改革故事其实有三种叙事维度：第一是南方叙事，也就是大家耳熟能详的"春天的故事"，在这个叙事里，其主导是效率、成功、财富和走向世界；第二是北方叙事，尤其是东北叙事，其主导是落后、失败、贫穷和走向消亡；第三则是中部叙事，其主导就是我在上文中提到的"有公平的效率和有效率的公平"这样一种中间叙事。

如果引入一点比较的视野，将《钢的城》和另外一部影响甚大的电影《钢的琴》稍微比对分析，我们或许会对90年代有更丰富的认知和理解。在《钢的琴》里，下岗工人陈桂林妻离子散，为了将女儿留在身边，他组织昔日的工友一起变废为宝，利用工厂里的废旧材料制造了一架不能弹奏的钢琴——可想而知，这一建构虽然带有强烈的主体能动性，却不能在现实层面完成其功能：既不能演奏，也无法改变命运。在这个意义上，"钢的琴"是一个幻想的象征物，与电影中那些烟囱、厂房、苏联音乐一样，代表的是在历史大势前的一种美学挣扎："工人的力量，正体现在劳动实践之中。陈桂林为了给小元造一架钢琴，带着工友们回到铸造车间，开动车床，制作沙箱，使得工厂在工人自己的手中再次运转起来。作为个体被抛入历史的工人们从各自相似却又不同的命运中回到工厂，回到了集体之中。这个'超真实'的故事透露了某些'真实'的社会主义理想：生产不是为了榨取剩余价值，工人了解自己的生产工具、了解劳动过程、了

---

① 纪录片《铁西区》，王兵导演，2003年上映。电影《钢的琴》，张猛导演，王千源、秦海璐等主演，2010年在多伦多电影节上映，2011年在中国大陆上映，2017年在中国大陆重映。电影《周渔的火车》，孙周导演，2002年上映。电影《二十四城记》，贾樟柯导演，2009年上映。

解自己的产品,从共同的劳动中获得尊严。"①《钢的琴》里"超真实"的故事在《钢的城》里变成了"真实"的故事。在《钢的城》里,与"改革者"的故事并驾齐驱的,还有一群"下岗者"的故事。毛仁银、吴回芝、郑宏、叶老实、癞子等是这些下岗工人的代表,他们因为各种原因被下岗分流,经历过短暂的愤怒和失落之后,他们迅速行动起来展开"自救"。这一自救不是各自为战,而是继承了工厂"集体协作"的传统,他们成立新公司,寻找商业机会,一步步走出下岗的困境。更重要的是,虽然他们中有极个别者堕落变质了,但绝大部分人一直坚持着朴素的道德伦理和情谊。《钢的城》里没有彻底的失败者也没有彻底的成功者:易国兴一度是"改革明星",但离开临钢的时候灰头土脸,被送了"千古罪人"的花圈;祝大昌独立办厂,被视为民营企业的楷模,但因为管理不善,任人唯亲,陷入了民营企业"繁荣不过六七年"的怪圈;毛仁银、叶老实等是最基层的工人,他们的生活有过一地鸡毛的时候,但也总能渡过难关,绝境逢生。从《钢的琴》到《钢的城》,我们可以看到一个相互的镜像,如果说1990年代的改革史是一面镜子,他们其实就是镜子的两面,他们并不互相反对,而是紧密地纠缠在一起。确实,改革的痛苦和失败是真实存在的,这不能否认;但改革的乐观和部分的成功也可能是真实存在的,这一点也不能否认。对文学来说,将这些都记录书写下来,让历史展示其本来的复杂、痛苦和丰富,可能是对历史最大的负责。

四、结语:恢复了的社会科学视野

可以非常明显地看出,对90年代改革史的书写呈现出不同的风格类型。比如《铁西区》有一种冰冷的零度叙事风格;《钢的琴》《血色莫扎特》则带有黑色幽默的反讽;《雾行者》融合了刑侦、悬疑的元素。总体来看,越是晚近的作品,其现代主义风格越发明显,对历史的理解也越发"个人

---

① 豆瓣影评:《香江北望〈钢的琴〉:劳动的美学、社会主义理想与工人阶级意识》,2011年11月7日,https://movie.douban.com/review/5158342/。

化"。在这种情况下，罗日新的《钢的城》算得上是一个"异类"，作为一个深受以《钢铁是怎样炼成的》为代表的苏联文学以及1980年代改革文学影响的作家①，他坚持用一种无区隔化的现实主义风格对90年代改革史进行了一种"同一式"的描写，这当然使得《钢的城》在美学上显得非常传统，但也因此具有了可供"社会分析"的可能。我们知道，在中国现代文学史上，以茅盾为代表的"社会剖析派"在追问中国革命道路时借用了长篇小说的形式。这一写作传统在中国现当代文学史中反复出现，比如1940年代的《太阳照在桑干河上》，1950年代的《创业史》，1980年代的《新星》，1990年代的《平凡的世界》等等。这一写作传统不仅仅是对"重大题材和重大主题"意识形态要求的直接回应，更重要的是，它已然构成了汉语长篇小说发展的内在性维度。就这一内在性维度而言，它要求作家不仅仅善于捕捉"重大题材和重大主题"，同时更需要拥有一种"社会科学"的视野和方法，将个人、时代进行综合审美转换。1990年代以来，由于世界范围内对"宏大叙事"的排斥，这一"社会剖析派"式的写作慢慢被边缘化，而"社会科学"的视野和方法也遭到了一定程度的屏蔽。失去了社会科学视野的写作路径和长篇小说的琐碎化、平面化、庸俗化之间构成了一定的因果关系。

近年来，以《人世间》《装台》等为代表的一批现实主义作品试图重新恢复这种"失去了的整体视野"，罗日新的《钢的城》的写作和出版也可以被视作这一努力的一部分。概括来说，在现代工业门类中，钢铁产业一直是重中之重，钢产量是衡量国家现代化的重要指标。无论是1950年代大炼钢铁还是1990年代钢铁行业的整合重组，钢铁始终是中国现代化进程中的"重大题材"和"重大主题"。《钢的城》里的临钢公司"有百年历史，前身是晚清洋务运动中，总督张之洞主政湖北时兴建的汉阳铁厂……后来盛宣怀任经理时，合并了汉阳铁厂、大冶铁矿、萍乡煤矿，改为官督商办，成立了汉冶萍铁厂矿有限公司，是当时亚洲最大的钢铁联合

---

① 祝大昌在知青时期曾经走了一夜路去隔壁农场借阅《钢铁是怎样炼成的》，这似乎可视作罗日新个人阅读史的隐射。见罗日新：《钢的城》，人民文学出版社2022年版，第248页。

企业……一九四九年之后，钢铁厂重新兴盛，位居中国八大特钢企业之首，有'共和国工业摇篮'的美誉"①。对百年大型企业改革的书写，其实也是对中国百年现代化历史经验的总结，《钢的城》不仅仅写了工厂车间，也不仅仅是写了一个行业，而是通过钢铁这个行业勾连起了纵深的改革历史和广阔的社会内容，并从一定程度上试图回答中国的现代化改革应该走什么样的道路的问题，用小说中的话来总结就是："我理解的社会主义国家，是发展为了人民，发展依靠人民，发展成果由人民共享。"② 就一部长篇小说而言，《钢的城》书写和回答大问题的努力具有启示性价值。

2023 年 1 月 28 日改定

---

① 罗日新：《钢的城》，人民文学出版社 2022 年版，第 4 页。
② 罗日新：《钢的城》，人民文学出版社 2022 年版，第 283 页。

以书写抵抗遗忘

——《连尔居》《己卯年雨雪》读札

大概是在 2011 年，我在广州参加一个会议，在会议的间隙见到了熊育群。人的记忆总会变得模糊，当时具体的细节我已经记不得了。只朦胧地记得熊育群坐在我对面的床上，温文尔雅。我印象深刻的是他的微笑，带有南方特有的温润，和窗外郁郁葱葱的绿色非常相配。谦谦君子，大概指的就是这样的人吧。后来我们的交往也确实如君子之交淡如水。不过那个时候我就大概知道，他是重要的散文家，只是因为时间和专业区隔等，虽然稍微有些了解，却一直没有认真阅读其作品，可以说是一个憾事。直到 2016 年他的长篇历史小说《己卯年雨雪》出版，在文坛引起广泛关注，我才突然意识到，当年认识的散文家熊育群，已经在写作的路上走得这么深远，这个时候想起当初的认识竟有莫名的因缘于其中，那一次南方夜晚的短晤不过是一个遥远的前兆，而真正的认识，终究是要通过作品——不仅是新近出版的《己卯年雨雪》，同时也包括另外一本早先出版的小说《连尔居》。需要特别说明的是，如果不是朋友提醒，我差点忽略了这部优秀的作品，而我重新认识熊育群之旅，就从这部小说谈起吧。

一

《连尔居》从四十三年前的一个梦写起，孩子们看完了《地道战》，然后模仿电影里面的情节，自己挖地道藏起来，悲喜剧交替上演，几个孩子因为地道坍塌而丧命，另外几个孩子——其中有小说的叙述者"我"——

则被大人们及时找到，有惊无险。有意思的是，叙述者"我"在回忆这一段往事的时候，出现了一种疑惑，地道死亡事件存在吗？这是真实发生过的故事还是记忆自动编撰生成的故事？这看起来不过是一个小小的疑惑，却与这部小说的美学观念和书写原则密切相关。在开篇的献词中，作者这么说："他，谈论历史，只是你的经历。你、我、他，分隔成了三代。恍然之间，你我先后领悟了生命若蜉蝣寄于朝夕。我在一场虚构中寻找消失的你——我们进入《连尔居》。"这一段献词诗意恍惚，若即若离，却有两个关键词，一个是历史（经历），一个是虚构。熊育群在开篇中故意混淆这两者的区别，将个人的经历和虚构的记忆融为一体，由此，他获得独特的进入历史和记忆的秘道。

《连尔居》的故事在两个层面展开，一个是在历史的层面，在这个层面，连尔居作为一个具体的存在，与共和国的历史相互印证，从早期的拓荒建村，到"大跃进"、三年困难时期、"文革"，宏大的历史进程具体落实于连尔居的日常生活。另一个是虚构的层面，在这个层面，连尔居是一处突然出现又必将突然消失的应许之地，它与巫术、预言、灾难、末日等神秘性的东西紧密相连。从任何一个单独的层面出发，都不能构成连尔居，恰好是这两个层面的互为书写和互为根底，才成全了这个故事和这部小说。这么说是有缘由的，在关于当代史的书写中，往往有两个极端，一个极端是固守现实书写的传统，完全从历史层面来进行书写，求真为第一原则。求真固然无错，但容易与历史学混淆，从而无法体现文学超越的层面。另一个极端则是去历史，去真实，以寓言化的方式来处理当代史，这种处理固然激活了想象力，但因为失去了真实的细节和逻辑而显得浮华空泛。因此，如何在"虚"与"实"之间找到一个平衡点，一直是当代写作，尤其是历史写作一个关键性的问题。熊育群的《连尔居》可以视作是对这一写作问题的一个回应和推进，在《连尔居》这部作品里，历史和虚构不但没有各行其是，反而是水乳交融，呈现了一种整体性。

也许我们会想起熊育群散文家的身份。从结构和叙述的层面看，《连尔居》确实存在着散文化倾向。这会让人想起沈从文的传统，在《湘西》《湘行散记》和《长河》等系列作品里，沈从文开创了一种散文化的抒情体作品系列。这些系列介于散文和小说之间，说是散文，因为里面有真正的经验和经历，说是小说，则因为里面充满了虚构、想象和人物。从文体的角度看，《连尔居》可以视作这一抒情体的延续，在散漫的铺陈中，有一种诗意舒缓地升起。我们在《连尔居》里面看不到特别典型的人物形象，这是因为在这种诗意的书写中，人物都被抒情化了，或者说人物都成了一个个小小的音符，他们只有在整体中才形成意义。

《连尔居》的人物塑造独具特色，长篇小说往往有一个或者数个典型人物居于文本的中心，牵动故事的发展。但是在《连尔居》里面，并没有这样一个位于中心的典型人物，人物像是在一个画轴上，随着叙述的展开而依次出现，人物出现、消失、又开始出现、又消失，这种方式符合生活的逻辑，在某种意义上，这是一种通过生活的流变来展示人物的方式，而非强行树立中心，刻意规划人物的人生。《连尔居》中的人物都处于某种自发自为的状态，他们没有太多的"意志"，听凭欲望的驱使和命运的安排来生活，因此，在他们身上，有一种古朴的美感。这一美感与小说中的神话、寓言、巫术和传说联系在一起，生成了一种特殊的美学空间。

《连尔居》中的这些人物会让我想起韩少功的《山南水北》中的山民。熊育群和韩少功有共同的地域经验，所以笔下的人物也多有相似之处，比如都有质朴、狡黠和蓬勃的生命力。但《连尔居》和《山南水北》又有极大的区别，《山南水北》中有一种强烈而清醒的理性，虽然韩少功是在反思启蒙话语的基础上去书写那些乡土人情，但这种书写依然带有启蒙和理性的色彩，有一种清晰的辩驳的东西在文本中时时发声。《连尔居》则恍惚缥缈得多，熊育群没有那种强大的理性逻辑和启蒙关怀，他更像一个主观的诗人，任由自己的情绪流淌，同时也将自己的抒情加于笔下的人物，在这个意义上，小说以四十三年前的旧梦开篇，其实已有暗示，这不过是叙述者的自我成长和自我启蒙，他者只有在这个范畴内才有意义。这本小说，书写了历史，虚构了记忆，塑造了人物，但最终，不过是自己的一场乡愁。他既无启蒙的姿态，也无道德的说教，在小说的后记中，作者已经交代清楚："我心里一热，往事飘浮，故人音容笑貌犹在眼前，不用他们的亡魂来迷神，我也记得每个人的一言一行。……这是真正的迷神，锦烂霞驳，星错波沏。"

二

《连尔居》里写了一个梦中梦。会魔法的异乡人梦见了大樟树、白鹤和放鹤人，在层叠的梦中，是一个关于前世今生的寓言，神秘，不真实，带有史前时代的幻觉。

无独有偶，熊育群的第二部长篇小说《己卯年雨雪》开篇也是一个梦：武田千鹤子梦见她和丈夫武田生离死别，遭到枪击的丈夫鲜血汹涌，而千鹤子却怎么也找不到纱布和绷带……这是真实的噩梦，是战争留给人的残酷而具体的记忆。《己卯年雨雪》由一个梦开篇，讲述的却是并不遥远的二战的历史——一场巨大的悲剧和惨剧。

从题材的角度看，《己卯年雨雪》并不新鲜，战争题材一直是小说家的拿手好戏，而抗日题材的小说又一直受到中国当代作家的高度关注，并衍生了一系列的作品。但有一个现象引起了创作界和批评界的疑惑，现代以来，中国经历了数十年战火的纷扰，为什么一直没有出现一部重量级的具有世界影响力的战争题材小说？这或许很难找到准确翔实的答案。我们只能承认这个事实，并小心翼翼地探究缘由。除非是出现了一部重量级的具有世界影响力的战争题材小说，否则这个问题就永远没有答案，因为只有通过具体的作品，我们才能了解到我们究竟缺的是什么，只有通过未来的写作，我们才能意识到并矫正我们此前的认识误区和理解误区。也就是说，在这个问题并没有解决之前，所有处理这一类题材的小说都会承担这一问题的全部症候性，并受到理所当然的质疑。

熊育群应该了解这一写作的难度，因此他异常地谨慎和诚恳。据了解，写作的发生源于十四年前对一场局部战争——营田保卫战无意中的了解。战争和屠杀的惨烈与巨大的遗忘和空白形成了鲜明的对比。熊育群以一种强烈的使命感试图去书写这一段历史。

他从最基本的根部出发，搜罗史料，钩沉故事。在后记中他说："长篇小说《己卯年雨雪》中几乎所有日军杀人的细节和战场的残酷体验都来自这些真实的记录，我并非不能虚构，而是不敢也不想虚构。我要在这里重现他们所经历所看到所制造的灾难现场。"并非不能虚构和想象，而是不敢,在巨大的历史灾难之前,所有的虚构和想象都显得苍白无力。我们知道,对历史小说来说,只有占有尽量多的史料,才能在最大程度上"还原"历史的"真实"——虽然在新历史学派看来,这些"还原"和"真实"都只是一种历史叙述。从这个角度看,熊育群占有的大量资料至少保证了这部战争题材小说的气息是真实的,小说中的细节、对话、行动在这种气息的覆盖下都具有了合理性。但是仅仅是史料和史实并不足以支撑一种我们称之为小说的东西,小说与历史的区别,就在于它不能止步于史料的剪裁和拼接,而是需要用故事——现代小说的核心所在——将史料激活。熊育群在后记里提到了一个细节:几年前的一个春天,他在大理的一家旧书店发现了一本《湘水潇潇——湖南会战纪实》,在这本书里读到了一个日本普通女性近藤富士之的一篇回忆文章《不堪之回首》,写她在1939年中秋节作为慰问团的成员来到了中国,并见到了新婚后不久就参军的丈夫近藤三郎,短暂相逢的甜蜜之后是不可挽回的悲剧:近藤三郎在一场伏击战中被打死,而近藤富士之抱着丈夫的尸体被中国军队俘虏。

这个故事像一道闪电照亮了那些沉甸甸的史料,熊育群意识到,"作为一个人,我们究竟有多大的区别呢?他让我回到了日常,回到了常识。这个时候我有了新的写作冲动,我觉得自己有了进入人物内心的能力"。我们会发现,《己卯年雨雪》中的核心故事其实就来自这个日本女人。熊育群由此找到了一个独特的视角——通过日本人之眼而非中国人之眼——来观察,进入和反思这场战争。这一微观的视角毫无疑问是内在的、在场的,并天然带有某种亲历者的经验,它使得这部小说变得可亲可感,血肉真实。这也正是这部小说最重要的一个特点,对于历史的书写没有居高临下的道德说教——熊育群一直是一个拒绝道德说教的人,也不是旁观者的那种缺乏同情的清醒省察,而是一直就在历史的现场,在黑暗和悲剧的中心。小说采用了两条线索,一条是武田千鹤子对过去的日本生活的回忆,充满了前现代的、温暖的乡愁;另外一条是当下的她作为俘虏所遭遇和观察到的中国生活。这是一种比照的视野,这一视野不是要对中日进行某种区隔,而恰好相反,在对不同国度里普通人的日常生活的回忆和描写中,一种普遍人性的东西被呈现出来了,战争并不能摧毁人性,恰好是,在最残酷的历史中,人性的崇高和美好反而得到了最大限度的彰显。

以武田千鹤子的视角切入抗战题材的书写，固然有其别致之处，但是站在日本人的视角，又容易将战争普遍化、将苦难无差别化，而无视战争所具有的正义/非正义的属性。

在我看来，战争远远不是伤害、残忍所能简单概括的，尤其是抗日战争。它不仅仅具有一个物质性的意义，同时具有一个抽象的哲学的意义，这场战争在最高的哲学层面是一个解放世界和解放人性自我的形式。正是通过这场保卫战，中国人意识到了作为一个中国人所应该拥有的本质和自我，并将自己的主体建立在这一解放之中。而部分日本人，摆脱了旧有的意识形态的规训，并像武田千鹤子那样，在与中国近距离的接触中获得一种新的思考方式和生活方式。

在这个意义上，虽然关于抗战题材的书写一直汗牛充栋，并有大量的低劣之作充斥其间，但熊育群的《己卯年雨雪》以其独特的处理方式和对战争超越性的思考而具有重要的价值。作为一个具有强烈自我意识的作家，熊育群的这一写作不仅是对具体历史的回应，同时也是对历史哲学的回应。他让我想起米兰·昆德拉的重要质疑：

> 从反面说："永劫回归"的幻念表明，曾经一次性消失了的生活，象影子一样没有分量，也就永远消失不复回归了。无论它是否恐怖，是否美丽，是否崇高，它的恐怖、崇高以及美丽都预先已经死去，没有任何意义。它象十四世纪非洲部落之间的某次战争，某次未能改变世界命运的战争，哪怕有十万黑人在残酷的磨难中灭绝，我们也无须对此过分在意。
>
> ……如果法国大革命永无休止地重演，法国历史学家们就不会对罗伯斯庇尔感到那么自豪了。正因为他们涉及的那些事不复回归，于是革命那血的年代只不过变成了文字、理论和研讨而已，变得比鸿毛还轻，吓不了谁。这个在历史上只出现一次的罗伯斯庇尔与那个永劫回归的罗伯斯庇尔绝不相同，后者还会砍下法兰

西万颗头颅。①

战争会一次性消失吗?如果没有《乙卯年雨雪》这样的写作,我们的遗忘还会持续多久?而罪恶,是否也会因人类的健忘而永劫轮回?

2017 年 2 月 25 日

---

① 〔捷克〕米兰·昆德拉:《生命中不能承受之轻》,洪涛、孟湄译,贵州人民出版社 2002 年版,第 3—4 页。

一个"回忆症"患者的孤胆之旅
——《七步镇》读札

一

作为小说最基本的组成部分,故事重要吗?也许这是个不言自明的问题,君不见多少研讨会、批评文章都围绕"故事"展开。这当然没有问题,但我们也可以听听睿智的福斯特的观点,他对此有极端的态度。福斯特说故事是小说中最低级的层次,只有那些心智不够健全的原始人才热衷于读故事,因为故事可以让他们从昏昏欲睡中惊醒,从而保证不被野兽们吃掉——更进一步,福斯特认为当代的很多电影,比如好莱坞传奇,也不过是发挥同样的功能,仅仅是刺激神经,而对精神生活无益。但有意思的是,即使对故事如此大加鞭挞,福斯特依然用了很大的篇幅来论述故事的种种面向,并且将故事的变种之一——情节的地位提高到无以复加的地步。我大概能够明白福斯特的这种良苦用心,他将故事视为一个前现代的观念形式,仅仅是在时间的向度上展开,而将情节视为一种更高级的现代的观念形式,是在复杂的因果链中展开。简单来说就是,情节依然是故事,不过它采用了更加复杂的视野和维度来结构故事,从而突破了前后相继的单一性讲述方式。

一言以蔽之,对于一个小说家来说,能否用更高级的形式来讲故事,依然是衡量其是否有创造力的首要标准。

以这个标准来看,陈继明的《七步镇》是一部很高级的小说。从内容上看,《七步镇》集中在三个层面,一是作家东声在当下的写作和爱情,二是其故乡七步镇近年来的人事变迁,三是土匪李则广的人生际遇。这三者都是普通的题材,日常生活、乡土变迁和历史传奇,也是近年来小说家们热衷的内容。因此,对于陈继明来说,首要的挑战就是,如何规避那些已经成为"成规"的故事讲述方式,从而寻找到一种新的讲法。陈继明的野心在于,他试图整合这三者并将这三者锻造为一个有着内在肌理的完整的"故事"。于是,小说的开篇就给出了一个设定:

> 紧张的原因是,我有回忆症。大家也许并不知道有回忆症这么一种病。回忆症的确也不是什么大不了的病,死不了人,对健康没什么太明显的影响。……回忆症的症状不难猜想,即:不能不回忆,一旦开始回忆就没完没了,很难中止。任何一个偶然因素都有可能触发某一段特殊记忆,这原本很正常,每个人都会如此,然而,对一个回忆症患者来说,坠入回忆却十分危险,如同灾难,他们会深陷其中不能自拔,会反复纠缠事件的每一个细节,有时会对其中一些关键细节做出修改,以便演绎出更好的结果,或者更坏的结果。

一个患有回忆症的作家东声于是成为这个故事的主角,这个设定至关重要,它是叙事的逻辑起点,因为只有通过回忆症,历史和过去才能"奔涌"于当下。我们毫不怀疑这是一个完全的"装置性"结构,但是正是在这个装置里,故事才变得高级,而小说的旅行,也才能行得通。

顺便说一句,在《十月》上刊发的版本,开篇多了一段"走向文学之路"的前史叙述,个人认为完全多余。

二

在现实中的东声,是小有名气的作家、大学教授,正苦于书写一部新的长篇。他遇到的第一个影响其生活的人,是居亦——陈继明小说中人物的名字都很有深意,我们暂不探究。居亦是一个在读博士,年龄大概可以做东声的女儿。但是没有关系,这丝毫不妨碍他们之间发展出如火如荼的爱情——这爱情来得过于快捷迅猛,不但是读者,甚至连主人公东声都觉得有点不合常理。但小说已经如此展开,我们似乎也可以不必拘泥于小说逻辑和现实逻辑的不一致,在一部强调创造性的作品中,我们往往看到的是小说逻辑对于现实逻辑的背离。我们的主人公东声有过数次婚姻,也经历过几次爱情。但是,依然有一种无爱的匮乏感。而对于年轻的居亦来说,"你爱我吗?你爱我多一些还是我爱你多一些?"是哈姆莱特式的疑问。这两人,虽然年龄悬殊、经历不同,但是在一个共同的当代时空中,都对爱充满了渴望和欲求。

"我"有人爱吗?这可以视作小说的第一个主题。

不止于此,还有另外一个东声,还有另外一个主题。这个东声患有回忆症,在回忆中他梦见自己的"前世",骑着一匹白马,穿军装,斜挎枪支,走在七步镇的街头。"我是谁"这个古老的哲学命题被陈继明置换为"我的前世是谁?我的梦中为什么会重复出现这样一个场景"这样一个需要借助叙事来解决的小说问题,于是,小说的叙事模式转换为侦探式的田野调查。返乡的理由得以成立——去为自己的梦境寻找一个现实性的缘由。梦境和前世意味着某种非"现实性",而回忆症恰好又是非常现实性的困扰,当东声开始他的返乡之旅时,意味着一种"现实性"和"非现实性"开始糅为一体。与此同时,历史和现实之间的对话也告开始。

写到这里容我荡开一笔,我在前文已经提及,对李则广的书写属于历史小说的范畴。历史题材一直是小说写作的宠儿,但历史题材也最容易被庸俗化处理为一种简单的"历史故事"和"英雄传奇"。正如本雅明所谓的历史唯物主义必须是一种"当下"的历史性,历史题材的现代处理也必须是一种当下对历史的突入,而不是仅仅书写一种静态的"过去发生的故事"。

陈继明应该对此有着十分的自觉,因此,我们在小说中读到了一种犹豫不决的语调,对自己前世的生活和故事始终有一种不确定性。从叙事的层面来看,对土匪李则广的调查是在建构故事,但是与此同时,因为时间、当事人、史料的种种缺陷,这一建构同时又变成了解构。也就是说,这里面藏着一个"正反"双重的叙述机制,如果读者们仅仅是为了读故事,也许将不能看到这一叙述机制所带来的智力挑战。

无论如何，在草蛇灰线般的架构和溯源中，作家东声的前世渐渐被勾勒出来了——虽然这线条还是过于粗糙，而真实性也让人怀疑。为农、为兵、为匪、情爱、仇杀如此等等，不一而足，感兴趣的读者自可一读。我想强调的是，在这个故事里，有一个核心的问题，那就是，李则广以一种残酷的方式——剥人皮——杀人了吗？在我读到的版本中，对这一"杀人酷刑"有大篇幅的描写甚至考证，这么写是为了展示人性的黑暗和残酷吗？这让我想起莫言的《檀香刑》中对凌迟的书写，黑暗和残酷的历史真是太漫长了！而作为一个书写者，该如何来处理这种残酷和黑暗？

这就是我想指出的这部小说的第二个主题："我"有罪吗？

如果"我"的前世——虽然科学并不能证明"我"的前世和"今我"之间有必然的因果逻辑——杀了人，那"今我"有罪吗？

如果人类彼此残杀，作为人类的一分子，我有罪吗？

昆德拉在《生命中不能承受之轻》的开篇就尖锐地提问：如果罗伯斯庇尔再砍下法兰西的万千人头，还有人为大革命喝彩吗？

在《七步镇》中，叙述者有这么一段反思之语：

> 在我看来，剥人皮比杀人更不能接受。因为，剥人皮是残忍。杀人是凶狠。残忍和凶狠略有不同，甚至大有不同。残忍是有组织有计划有方法地对人进行摧残和折磨，比如，同样是死刑，五马分尸就比腰斩更为残忍。比如，同样是暴力，冷暴力比肢体暴力更为残忍。同样是武器，生化武器比常规武器更为残忍。纳粹大屠杀，一开始是用子弹射击，后来想出了"更人道的杀人方法"：用毒气杀人。犹太人以为他们进了浴室，但是，进去后才发现浴室的莲蓬头只会释放毒气……
>
> 残忍常常和才华和智慧成正比。

再问一句：如果人类的罪行罄竹难书，那我有罪吗？

三

写到前世，让我想起另外一位作家，日本的远藤周作。他完成的最后一部长篇《深河》，讲的是来世的故事：中年男主角的妻子死了，他四处寻找妻子的来世，最后在这个过程中更深入地了解了本来陌生的妻子以及本来陌生的爱。虽然有不同的背景和指向——远藤指向宗教性的东西，他更著名的小说《沉默》尤能体现这种指向，而陈继明的《七步镇》指向历史性的东西，虽然他的历史性是一种带有精神分析色彩的历史性——但是，却都涉及一个根本性的问题，那就是，在"形而上学"和"天道"都不能提供行动指导的现代语境中，人应该如何保全其精神性？在终极的意义上，也就是人如何成为一个看起来"完整的人"——至少是也只能是看起来"完整的人"。

在成为一个"完整的人"之前，需要治愈自己，这正是《七步镇》孜孜以求要完成的工作。

心理治疗的方式首先就失败了，这一点基本上是一笔带过。

然后是性的治疗，但结果也并不乐观：

"人类对性的渴求，和对食物的渴求没有本质区别，为什么可以随口说出饿了、渴了，而不敢大胆说出，我想做爱了？尤其是女人？"

我承认，听了居亦的话，我反而不会做爱了，原因很简单，做爱的时候，我变得忧心忡忡，我要在乎很多问题：我的男性身份、文化身份、哪些言行可能触犯了禁忌、调情是否涉嫌轻浮是否含着性别歧视、做爱的力度是否合适是否涉嫌暴力……我甚至很容易就会突然掉链子，做着做着，思想深处不小心开个小差，就阳痿了，就像从天外飞来一把锋利的刀子，准确地越过所有的障碍，击中要害。更要命的是，突然掉链子竟然成为一个习惯，哪怕不开任何小差，也会在某个时间点上如期而至。

最后是历史和人性的治疗:

> 突然,我不相信我的前世李则广会剥人皮,会有制作人皮鼓的雅兴。我不相信李则广有那么坏,也不相信任何人有那么坏。不相信姓马的回民有那么坏,不相信两家子寄居在他乡异地的陕西人有那么坏。

经历这种种治疗之后,我们的主人公作家东声痊愈了吗?他在前世今生中穿行,在历史和现实中漫步,在人情世故里察言观色……至少在小说的结尾,他获得了新的认知,他是否真有一个前世,他的前世是否真的杀人越货,都不重要了。重要的是他重新拾起了对人性的信心——"信",这才是最好的灵丹妙药。

有了信,才有爱,有了爱,才可以抵抗堕落与罪行:

> 我突然渴望开始一次新的写作,以从未有过的魄力,用自然、精确、锐利的文字,拨开历史的迷雾,捅破认知的局限,到最幽深的地方去,到最迢远的地方去。

一次旅行结束,一次新的(小说之)旅行又开始了。

2018 年 6 月 23 日

中国故事的现代表达

——《老实街》读札

见过王方晨几面,中年男子,平头,话不多,很温和的模样。第一印象就是规矩——也就是"老实"的同义词。说起来,王方晨是个老作家,据资料可考,他80年代即开始小说创作,并曾经获得重要奖项,几乎与80年代的"文学热"保持着生理性的同步。依照这种资历,即使不能排入"经典作家"的座次,应该也属于呼风唤雨的"弄潮儿",但好像都不是,他身上有一种不太"合拍"的东西——这是他的老实使然,还是自我压抑的结果?我不太清楚。但这种"不合拍"确实造成了认知上的负面效果。当代写作有其独特的生成方式,在我看来,就是一种潮流式的写作,只有那些投身在某一写作潮流中的作家,才有可能博得更多的注意,从"伤痕"到"寻根",再到后来的"新写实""新历史",概莫例外。但对于那些不爱追求潮流的作家来说,难免就有点吃亏。王方晨大概就属于这一类作家,他们视写作为"天命",并不热衷于通过写作来博得写作以外的东西——要做到这一点并不容易。但是反过来看,也正是因为这种"不合拍",倒是造就了某一种特别的存在。在潮流之中,固然能够获得掌声和喝彩,但也容易被潮流的车轮碾压过去,"城头变幻大王旗"说的大概就是这种情况。中国当代文学自80年代以后喜欢以代际来命名作家,其实就是这种"碾压"和"替换"的意识在作祟。而外在于潮流,躲在聚光灯不能探照的一角,坚持写自己的作品,或许更是一个作家的本分。王方晨是60后作家?是先锋作家?是写实派?都不是,也都是,在这个意义上,王方晨以他的"不合拍"获得了一种超越性，并保持了一种不屈不挠的"老实人"形象。

现在，看到他写《老实街》系列，心中一愣，觉得倒是般配，一个老实人写老实街？能写出什么花样，很是让人期待。

一

《老实街》最初以中短篇的形式面世，合计十来篇。这些故事的发生地都在"老实街"。老实街者，济南城内的一条小街小巷也。麻雀虽小，五脏俱全，这老实街从空间的布局来看，有街道，有大院，有阁楼，有泉水，有小卖店，有竹器店，有理发店，诸此种种，可谓一个小社会。老实街的人足不出户，就可以完成基本的生活。所以第二章写石头看火车，在老实街的人看来是天方夜谭，原因不过在老实街的传统中，生活在老实街就是生活在全部的世界，火车站虽然离得不远，却也从来没想过要去看看。这"看火车"的细节，看起来不过是一个闲笔，却有提纲挈领的功能。我们从这里或许可以稍微窥探到王方晨的精神资源。我们知道，在1985年前后，大量作家开始建构地理学意义上的"文学世界"，比如贾平凹的"商州"、莫言的"东北高密乡"、苏童的"枫杨树街"、池莉的"汉正街"等等，这些"文学地理"往往与作家对地缘文化的认同以及美学趣味的追求密切相关，通过这种方式，作家们确立了个性鲜明的写作风格和自我形象，从而在文学场内获得独特的位置。我最近看了批评家吴义勤的一个访谈，他80年代喜欢苏童，专门跑到南京去问苏童"枫杨树街"是不是实有其地，得到否定的回答后，很是失望。由此可见当时的"文学地理"影响之大。王方晨的老实街其实可以放在这个谱系的延长线上，老实街上的人与生活，如果不是后来的"拆迁"风波，让人恍惚以为就是一个现代之前的世界。我们或许还会记得1980年代铁凝的经典作品《哦，香雪》，"火车"所代表的"现代文明"对乡土世界的影响，被一个小小的文具盒所撬动。老实街虽然坐落在城市，但是在某种意义上，它的内在结构是外在于城市的，其伦理体系几乎也建立在乡土文明的基础之上。我在读《老实街》前面几个章节的时候，感觉其几乎就是一个"老灵魂"充斥的世界。在80年代如果读到这样的作品，或许并不意外，但是在三十年后的21世纪读到这样的作品，倒是让我有陌生的"穿越"之感。我的意思是，《老实街》其实携带着文学史某种顽强的基因，既可以追溯到80年代的文学地理，也可以追溯到沈从文、老舍和师陀的传统，在比较文学的意义上，还可以与马尔克斯遥相呼应。王方晨发挥了其精雕细琢的功夫，将文学史的记忆雕刻为一个羊肠小街——犹如传说中的核舟——里面的景致与人物，当然不可以完全作为"日常生活"来予以观照，而是在艺术的"剃刀"之下，担负着王方晨的独特生命体验和美学诉求，大致来说有两点，第一是恒定的、不变的道德伦理秩序，其综合性表述就是"老实"；第二则是变化的、现实生发的欲望，带有强大的破坏力和创造力。王方晨在这两点之间寻找一种平衡，并获得书写的缝隙和张力。

二

《老实街》开篇第一章，写的是陈玉汲来到了老实街：

> 约在陈玉汲入住老实街前半年，莫家大院左门鼻老先生就见过他。当时老实街的几个孩子牵了陈玉汲的手，从狮子口街由西向东走进来，左门鼻还以为他是谁家亲戚，且初次来访，因为他脸上羞涩，一副怪不好意思往前走的模样。……
> 陈玉汲开的却是理发铺。租了刘家大院两间房，靠街一间略作改造，就是门面。对人说"不走了"。

陈玉汲是谁？陈玉汲为什么来到老实街？这些小说都没有详细交代，他的出现显得突兀，却并不生硬。王方晨并非为了塑造一个"典型性"人物，而是为了传达一种观念，这一观念就是"显然，此人够老实"。小说为了证明这一点做了很多铺排，感兴趣的读者自可以去翻看原文。我在此想要强调的是陈玉汲作为一个小说人物的结构性功能。如果说老实街是一个以"老实"为其标志的"理想"道德空间——显然这种"理想"是反讽和揶揄的——那么，陈玉汲就是一个掀开这一道德面纱，强行进入这一空间内部的工具。因为陈玉汲的进入，老实街的既有格局被打破，具体表现在，谁究竟是老实街的第一老实呢？为了这"第一老实"的道德标牌，老实街的老居民、原第一老实左门鼻和老实街的外来者、可能即将晋升第一老实的陈玉汲，围绕"一把剃刀"展开了斗法。最后的结果是，陈玉汲郁郁而终，左门鼻险胜一局。

这是道德较量的第一局，这一局在外来者和老居民之间展开，最后的结果表明老实街迷宫一样的道德格局虽然发生了小小的变化，但是，终究无伤大雅。按照费孝通的说法，中国社会的结构是一个以血缘为原点的大圆，通过由内而外的方式结构为一种稳定的社会秩序。老实街就是这样一种结构，只不过相对于血缘而言，它更以文化为其结构的纽带。陈玉汲和左门鼻都不属于胜利者，因为他们的斗法不但没有撼动老实街的道德格局，反而是强化了一种道德上的"恐怖主义"。

看来，这"超稳定"的结构果然不易打破，尤其是在既有的文化观念没有得到更新的情况下。这个时候，两个更重要的人物粉墨登场，鹅和高杰。鹅是《老实街》中塑造得最丰满、最有个性的人物，与陈玉汲等符号化的"扁形人物"相比，鹅更像是一个"圆形人物"。她既娇又痴，亦怒亦嗔，她有巾帼不让须眉的豪侠果敢，又有"恶魔女性"的热烈放荡。在老实街的道德王国里，鹅是一个天然的异端。但奇怪的是，以老实为道德标榜的老实街人对这种道德异端保持了极大的容忍，他们甚至虚构出来很多"神话"来为鹅的异端进行开脱和说明。这是王方晨最深刻的地方之一，他正是在老实街人和鹅的关系里看到了中国文化最"伪善"之处，道德的招魂术不过是道德的欺骗术，欺与瞒、自欺与欺人，都被深谙道德规则的"老实街人"操弄得炉火纯青，鹅表面上看是一个异端，但这个异端，却不过是反衬和补充着老实街"道德"的完整性，鹅看起来自由不羁，却无往而不在罗网之中。与鲁迅不同，王方晨几乎是以一种写喜剧的笔法写出了一出悲剧。鹅的悲剧不在于她"拯救"老实街而不得，而在于她拯救的并非值得拯救之物。

颠覆的希望最后寄托在高杰身上。高杰这个人物在作品中面目并不是很清晰，但他却是一个稍具综合性的人物，这种综合性不是指作为人物性格上的综合，而是指作为文化隐喻上的综合。他是一个"内外兼修"

之人,"内"指的是他土生土长于"老实街",因此对老实街的那一套文化秩序知根知底,"外"指的是他走出了老实街,获得了一种更开阔的经验和视野。因此,高杰在小阁楼里和鹅偷欢的情节就不仅仅是一种弗洛伊德式的"爱欲"象征,而是提供了一种观察的视野,这个视野非常重要,在本质上这个视野可能就是叙述者的视野:他以内外双重视野观察老实街以及它所代表的文化秩序。因为内在,他知道它的脆弱、伪善、死而不僵,因为外在,他了解它的症结,知道摧毁它的最有效的方式。也就是说,对于老实街所象征的那一套文化秩序和文化逻辑,只有一个同时内在于和外在于它的人才有可能对之进行真正的"革新"——至于这一革新所带来的乡愁式的忧郁,那是另外一个意义上的事情。联想到自1840年以来中国作为一个古老文明体的命运,这种"内外"的隐喻也算得上是一种微言大义吧。

三

《老实街》不仅塑造了一批各有特点的人物,建构了一个风貌独特的文化空间,还通过叙述的语调、声音、长短不同的语言、对话、描写形成了颇具特色的王氏叙述风格。这一风格具有很强的辨识度,比如我们从中可以读到老舍式的温和的讽刺和戏谑,我们还可以读到从沈从文到汪曾祺以来的冲淡和文人气,也有的论者提到它和奈保尔、萧红那种生命书写之间的关系。作为一个后来的写作者,这种风格上和前辈的关系其实错综复杂,不仅仅是一种简单的模仿或者相似,更是一种文学史的延续和变异。正如老艾略特所言:文学史是因为后来者的加入而被改写。我当然承认王方晨与这些前辈作家千丝万缕的关系,但是,我更感兴趣的是,除此之外,还有没有一种属于他本人的独特性的美学创造?为了说明这个问题,引用《老实街》的两段文字如下:

忽然,有人示意静声。我们往纸扎店后面黑黝黝的巷口看去。那里倏忽一闪,就好像跳出来个什么东西来。就地一滚,却是一个人形。我们都愣住了。人形慢慢向前走去。留给我们的,当然是一个茕茕孑立的背影。

"不要那样看着我。"他朝鹅瞪大着失去神采的眼睛，口中酒气熏人，"其实我是爱你的……从掉进你家茅厕的那刻起，我就成了一个怪物……小孩子见我会死。我吃死尸。独行的人会被我掐断脖子。……毁掉老实街，让老实街生不如死。得，就这么做！……在澳洲，有种野人，叫幽微。……三米多高，浑身长毛，吃腐烂的尸体……鹅，我就是……幽微……走，走，你去告诉每个人，幽微来了，谁也躲不掉。世界的……幽微，来了。"

这两段文字诡秘、奇异，带有神秘主义和奇幻的色彩，通过这种人、鬼、魔三位一体的书写，日常现实的边界被突破，小说的想象空间被大幅度打开。这种笔法和想象方式在现代作家的笔下并不多见，我记得莫言的两个短篇《姑妈的宝刀》和《屠夫的女儿》里面稍有涉及，但不过是点到即止。但是这种笔法和处理方式在王方晨的《老实街》里面却经常出现，而且构成了非常重要的情节和象征，比如关于"幽微"的描述，就被一些论者指认为是现代化破坏性的象征。我在这种想象方式里面看到了更古老的回响——这是一个由《山海经》《西游记》《封神演义》和《聊斋志异》所构成的书写传统。考虑到就近原则和一种地域文化的渊源，我将王方晨的这种书写方式称之为"聊斋笔法"——蒲松龄和王方晨同属齐鲁文化，他们拥有某种共同的文化母体。

王方晨通过对这一书写传统的借用，创造性地在现代日常生活中开辟了另外一个维度和空间，这一空间、维度不是"另一个世界"，而是此世界不可分割的一部分。弥漫于这部作品中的这种气息形成了一个象征性的体系，它再一次顽强地指向文化的命运根底，老实街被摧毁了吗？答案是，并没有什么东西能够被彻底摧毁，它不过是换了一种形式，如幽灵一般地生活在我们的周围。只要时机一到，就会从头再来。王方晨以宿命论的美学完成了他对文化的辩证法，当然，如果《老实街》有更扎实的社会面描写和更符合逻辑的结构，这一辩证法会展现得更加深刻、全面。

如此一番解读，读者们大概就会明白，一个老实人写了一部并不那么老实的小说。我这番解读是否老实，那就留待读者去做判断了。

2018 年 3 月 11 日

《唇典》：在现代和传统中再造一个世界

刘庆的《唇典》有五十余万字，是今年长篇小说写作的一个重要收获。韩春燕女士在研讨会的发言上提到，刘庆始终是以写开头的态度来完成这部小说的，我觉得这个说法非常有意思，也很认同。一部这么厚的长篇小说，很容易让人产生阅读的疲倦感，说实话，一开始我都不太敢打开，怕自己读不下去。但一打开后，就放不下了。原因就在于小说本身非常富有质地，不单调，不乏味。

长篇小说写作容易被故事带着走，或者被一些风俗化、知识化的东西带着走，很容易变得粗糙，内部的质地空泛。但是《唇典》这部小说从第一章到最后一章都用了心思，整体来说是密度和质量非常完美的艺术品。它的上部和下部其实采取的叙事视角是完全不同的，甚至每一章里面小的叙事线索埋伏也是非常不同的。这个让我想起了卡尔维诺的很多作品，比如《寒冬夜行人》，里面的每一章采取的都是不一样的视角，但是所有的视角最终又能编织成一个有机的网。我看《唇典》的下部时很惊讶，下部开篇很长的篇幅和上部没有关系，采用的是一种戏谑——对《水浒传》的戏仿，这种戏仿不仅让叙述者和故事保持了距离，同时也暗藏玄机：通过这种方式，它暗示了《唇典》的历史观和《水浒传》有着隐秘的关联，也就是说，这种叙事方式不仅仅是形式，同时也是内容。

另外，我觉得这部小说里面有很多细节也特别有意思。我记得其中有一个细节，是跟奶妈田大娘的男人对话，这个细节特别传神。历史小说容易写得一本正经,而且没有太多的创造性。但是这部小说里有一种天然的反讽刺视角,这样的细节密集出现,会加快小说的叙事速度,虽然这部小说有五十多万字,但是没有让人觉得特别冗长,原因就在于内部的叙事速度其实是比较快的。这其实回应了长篇小说写作在当下面临的问题,就是怎样让容量大的、重的长篇小说变得快起来、轻起来。卡尔维诺在《未来千年文学备忘录》里面讨论过这个问题,怎样让长篇小说的速度变快、质量变轻,但又不损伤质量和密度?重和轻如何才能有一个很好的协调?这一点,《唇典》的处理方式是值得借鉴的。

上述基本上是从小说的艺术层面来谈的,除此之外,这部小说有意义的地方,还在于它提供了文化层面的思考,研讨会上陈晓明、孟繁华、谢有顺、王春林等老师都谈到了这个问题。文化层面上,如果从文学史的谱系来看,首先我们可能会想到80年代的"寻根文学",就会觉得这是一个文化的"寻根"。但实际上,我们的视野可以往前再推一点,用地域文化的侧视角来反映历史的变迁,这种写作方式有其源流,比如说1950年代欧阳山的《三家巷》,写广州大革命的历史,完全是从家族视角出发,大量的岭南文化在小说里面得到展示。所以说,在当代写作的不同阶段,都会有这种文化、历史和小说的互动。我记得陈晓明老师以前写过一篇文章,是讨论莫言之后"寻根文学"怎么走的问题,我后来写过一篇讨论韩少功的文章——《韩少功的文化焦虑和文化宿命》,对这个问题进行了再次讨论。我的主要观点是,80年代的文化"寻根"之后有一个再"寻根"、再文化化。从《白鹿原》《长恨歌》到刘庆的《唇典》,都可以放在这个系列里面。相对于80年代和90年代的"寻根",刘庆的《唇典》其实有一个很重要的推进,这个推进表现在虽然写的是萨满文化,但是《唇典》没有简单停留在文化批判的层面。整个文化"寻根"和文化写作其实有两个比较致命的问题,一个就是文化批判,用预设的观念去批判;还有一种更简单的文化的风景展示。

这两种书写模式其实都是需要反思的,刘庆的《唇典》非常自觉地在规避这两种方式,这部作品里面没有太多知识性的展示,小说永远不是知识,小说是创造。把知识创造成小说的有机组成部分,我觉得这是最重要的。虽然我对萨满教一无所知,但是我阅读小说的时候没有觉得艰涩,也没有觉得需要找配套的工具书才能理解这部小说，这是因为刘庆把萨满的文化很好地融入小说的行动、细节和故事逻辑里面了，由此萨满构成了小说的有机组成部分，文化成了小说的质地而非外套，我觉得这是非常高级的处理方式。

最近这几年文化思想界经常讨论的话题是回到传统，这里面最核心的问题是，怎么回，回到哪个地方。不是说简单地读一些典籍就是回到了传统，而是必须在现代的视野下重新激活它，能够与当下精神交流并构成当下精神的一部分，这才是重中之重。

所以回到《唇典》的开篇，特别有意思。开篇是火车进站，然后是电灯亮了。电灯亮了是瞬间，火车也是瞬间，在这个瞬间当中，古老的文化被重新激活，生成了现代与古代之间、当下与过去之间的敌意。如果说这部小说是一部史诗，也是关于现代的、关于当下的一部史诗，我们回到那段历史，是为了重构我们当下。

小说最后的尾歌里面，满斗去找他的救赎、找他的灵魂树，结果每一个人都变成了一棵树，每个人都找到了自己在历史中的位置。革命历史小说讲的是历史的理性改造人，把一个人变成现代人，比如"三红一创"这样的作品。但是在90年代以后的历史叙述里面，历史的非理性也可以改造人。《唇典》里的郎乌春是被历史的非理性改造的。问题是，是历史的理性更能改造人，还是历史的非理性更能改造人？也许最重要的是那种不屈的生命意志的自由展开，在这个展开中，人不仅找到了历史，也找到了现在和未来。

（根据2017年9月27日《唇典》研讨会发言整理而成）

2017年10月10日

权力及其所形塑的

——杨小凡作品读札

一

最近这几年，我陆续读了杨小凡的不少作品，印象深刻的有《总裁班》《大学》《缔结了就不会消失》等几部，这些作品获得了普遍的关注，批评家孟繁华将杨小凡称之为"生活的发现者和勘探师"，并认为：《总裁班》应该是2014年社会影响极大的中篇小说之一。小说将社会精英阶层的价值观、世界观以及他们鲜为人知的实现个人聚敛财富的手段，以仿真的方式揭示了出来。青年批评家赵天成则肯定《大学》的现实指涉性："《大学》不仅是教育行业的'莆田系'事件，而且几乎影射了2016年所有的社会热点。"由此可以看出杨氏作品的一大特点，即都取材于当下，几乎是对进行中的当下中国现实的第一时间的反映和书写。联系到杨小凡的工作职务——他在一家国有企业担任副总裁——我们会强化杨小凡作为"现场书写者"的作家形象。这可能会掩盖另外一面，如果读过杨小凡的另外一部著作《药都往事》，我们就会知道杨小凡不仅关注当下，其实也将笔触伸向了遥远的历史，而且在我看来，他对过去的处理在笔法上更加自由因而显得更得心应手。但不管怎么说，杨小凡之所以引起普遍的关注，还在于他与当下的同步性而非错步性，这种进行时的写作观念会让我们想到茅盾在1930年代的追求，"在事件还没有呈现其历史意义之前，先以最客观的方式将其全部记录呈现出来，以作为历史资料的一部分"。这一追求的结果是诞生了现代文学史上影响深远的"社会剖析派"

小说。我这么类比,并非说杨小凡的小说就类似于社会剖析派小说——事实上它们的风格相去甚远。但是,即使现代时间是如此急促地转换,历史的语境却也在重复地上演,我们在杨小凡的系列作品中,还是能隐约地嗅到一丝历史遗留的气息。无论是在茅盾,还是在老巴尔扎克或者老狄更斯那里,与现实的同步写作都构成了最重要的题材甚至是形式——无论巴尔扎克广为人知的《高老头》还是并不广为人知的《金发女郎》,前者书写金钱影响下的社会关系,后者处理情欲控制下的日常生活,这两者与其时何其相似!

杨小凡显然是众多信息的占有者,同时也拥有第一手的不可替代的生活经验,但这种"优先权"并不能保证一个小说家的诞生。在更多时候,占有这种信息和经验的人往往会为其所累,甚至不过是成为一个酒桌上的段子手——我见过一次在酒桌上的杨小凡,居然出奇地认真端正。也就是说,信息和经验并不能天然呈现出生活的故事性和戏剧性,这也正是当下写作最有难度的地方,必须要有一只"无形的手"来重新归置这些信息和经验,才可能在小说的范畴内发现生活的内在逻辑。在我看来,杨小凡恰好找到了这样一个装置,其小说写作才豁然开朗,构成了其独有的美学风格。

从前几年的《总裁班》到刚刚发表在《花城》杂志上的《太平道》,这一装置一以贯之,即权力。

二

且谈文本,从《太平道》说起。

《太平道》的开篇写周正,这两句话写得好:"周正在牢房里呆了七年。这囚牢是心牢。"本来我们以为故事会围绕着周正展开,但是笔锋一转,却发现周正不过是"前菜","主菜"还在后面:卫志民和李立仁。这两人都曾身居要职,一为市长,一为书记。但在故事的开篇,他们都已经是另外一种身份:刑满释放人员。因为一起道路坍塌事故,这几位都被查出有贪腐事实,于是进监狱、受惩罚、接受再教育。这是再平常不过的故事,不过杨小凡的处理别有路径。我们知道,在中国当代写作中，一直就有所谓"官场小说"的类型存在，并一度成为大众和媒体关注的热点。但与那种直接书写官场权力斗争、你死我活、阴谋厚黑不同，杨小凡选择了一个"非正面的官场"。在他的小说中，我们很难看到身居要职的官员，也难以见到图穷匕见的计谋，他选择的都是特殊的时间节点——"权力"之前或者"权力"之后。在《总裁班》中，王加法是一个还没有获得权力资本因而费尽心机的小人物，而在《太平道》里，主角不过是两个已经被剥夺权力的"平阳之虎"。这种选择很能暗示杨小凡的问题关切，相对于权力本身以及对这一权力不可避免的迷恋——很多所谓的"官场小说"在这里走到了其庸俗的反面——杨小凡更关注的是在这一权力关系中生活的人，他们的欢喜悲愁、宿命救赎。在关于《太平道》的创作谈中，杨小凡这么说："于是，我在想也许平时看到的并不一定真实，背后的逻辑才是真实的。对人性的好奇、观察、研究、凝望，是对一个作家的基本要求。反思这些年贪腐的当事人，我的追问渐渐抵达人性。"

杨小凡因此需要一个像侦探一样的观察者，这一观察者不是站在作者的角度去进行批评和问责，而是直接潜入作品的内部，甚至是变成作品中的一个人，去和那些"贪腐者"一起生活、一起感受、一起挣扎，或许，才能找到多米诺骨牌倒下的因由。于是我们在杨小凡的作品里发现了一个非常有趣的人物设置——"误入者"的形象。在《总裁班》里，这一人物就是王加法；在《大学》里，这一人物就是赵大嘴；在《太平道》里，这个人物毫无疑问就是周正。这些人物因为某些偶发性的事件而进入"权力关系"的漩涡，他们误打误撞地就"窥见"了一些日常生活背后的"逻辑"。在《太平道》里，周正几乎就是一个"漫游者"，通过"漫游者"的观察之眼，卫志民和李立仁的生活才获得了呈现和解释的可能。我觉得这是杨小凡小说中最有现代感的地方，因为"误入者"的存在，使得小说对滚滚红尘的书写蒙上了一层薄薄的面纱，而这面纱，恰好就是一个隔离器，使得生活不再仅仅是具体的生活，而是一种经过小说家审慎思考的抽象的生活——小说家的职责在于发现，而不是复制。

与此同时，小说中的那些人物也不仅仅是行动着的欲望机器，而是有了内面和反思的主体，《太平道》里的周正、李立仁都属于这样的存在。

三

即使是"误入者"都难以逃脱权力关系的制约。这是杨小凡引而不发的一个暗语。这使得其小说在整体气氛上有一种极大的不安,这不安大概来自两个方面,一个是恐惧,人物内心的恐惧,普通人最直接的身心感受;一个是恐怖,权力关系以及由此所塑造的社会语境的恐怖。这让人想到托马斯曼的经典论述,他说:"我们这个时代的唯一准则,就是恐怖。"

这就是杨小凡发现的内在逻辑吗?我并不清楚,或许他也没有这么自觉的意识来下一盘大棋。但是在其另外一个短篇小说《缔结了就不会消失》里,我嗅到了一丝特殊的气息。小说用第一人称,讲述"我"随团出访,喝酒作乐,晕晕乎乎,却碰到一个陌生男子,与陌生男子聊天的过程中,发现他讲述的故事居然和自己的遭遇丝丝入扣。这又是一个"误入者"的发现之旅,在惊悚之余,"我"意识到无处可逃。这篇小说还有一个有趣的地方是,用牌局的方式来比对了权力关系的功能和作用。

缔结了就不会消失?果真如此吗?如果果真如此,小说家也就没有存在的意义了。对于小说来说,它的天赋使命也许就是在貌似不可能之处发现一道缝隙,并获得新的势能。《太平道》或许可以视作是对这个问题最直接的回答。小说中的三个人物在出狱后有完全不同的选择,一位选择了重归权力体系,一位选择了回归故土,自食其力,并身体力行地忏悔,一个则选择了宗教信仰。作品的篇幅集中于前面两位,卫志民重回权力体系,虽然是以经商的方式,他不过是在重新体验一次权力所塑造的异化和毁灭,最后的结局不过是再一次身陷囹圄。而李立仁则开拓了新的空间,他回到故乡,养鸭为生,以普通劳动者的形象坚硬地矗立在作品里——这看起来像是古代士绅文化的一次当代实践,也许由此可以看到杨小凡的怀古之情。但是,似乎也只有通过这个方式,李立仁才能完成他的"逃逸"和"救赎",在小说的最后,他以献祭的方式完成了这一仪式。

如此,作者和读者都满意了吗?杨小凡说:"说实在的,这部小说写完后，我觉得并没有实现自己与这个世界以及自己内心的和解。"

有如此清晰的自我认知和自我要求，下一部作品，可堪期待。

2018 年 7 月 15 日

历史写作的"暗道"
——评《塞影记》

一

作家景三秋因为生活的失意外出度假，并试图开始一部作品的写作，但因为信息的错误，他误打误撞进入了一处玻璃房，在此他遇见了颇有神秘色彩的百岁老人雷高汉和身份不明的女子温寒露。出于作家的天性，"我"嗅到了这两位神秘人物背后的故事。在一连串的机缘中，这两位人物都向"我"打开了心扉，在雷高汉的讲述和"我"的采访记录中，一个以雷高汉为中心人物，以"鸿祯塞"为历史背景，以川北地区的风俗人情为生活环境的历史故事——《塞影记》——徐徐展开。

近代以来的百年中国史一直是当代作家热爱的题材，就这一题材的书写贡献了一大批优秀的小说作品。大概来说，当代史中的历史题材书写有两个风格取向，一个是以重写重，强调重大历史事件、场景的再现式书写，强调基于历史唯物论的历史观和价值观，其中尤其以"革命历史小说"为典型代表。一个是以轻写重，历史的所叙内容没有发生变化，但是，讲故事的方式改变了，在这种叙事风格中，历史事件和场景退步为叙事的远景，而居于叙事中心的，是个体——尽管这一个体依然生活在复杂的社会历史关系之中，与之相随的，历史观和价值观也不再是统一的意识形态的预设，而是一种基于日常生命体验的个人主义的历史观。1990年代以来的历史题材书写，基本上都在这一"以轻写重"的风格谱系中，并贡献出了一批以《白鹿原》《活着》《尘埃落定》为代表的经典之作。在我看来，马平的《塞影记》也可以放到这一文学写作的谱系中去进行考量,川北地区的百年历史变迁是这部小说的叙事背景,以雷高汉为中心的一系列小人物的命运辗转是这部小说的叙事中心,最终,历史、人物、风俗融合为一部带有"地方志"色彩的历史小说。

二

批评家敬文东指出:"借着秘密的轻盈感,马平为他的新长篇小说《塞影记》中那座体型庞大的'鸿祯塞'挖出一条暗道。暗道正是塞的'影'叙事,它们相互帮衬,有效地缓解了历史在百年间的沉重。"从内容上看,《塞影记》有两条叙事线索,一条是雷高汉与鸿祯塞的百年恩怨史,基本属于过去的时间。一条是叙事者"我"和温寒露等人的当下遭遇,属于此时此刻的时间。但是如果从形式上看,《塞影记》还有一条叙事线索,这就是作为隐喻的"暗道",也是敬文东所谓的"'影'叙事",我认为这是马平颇有匠心的一个创造,他无意于正面强攻历史——在小说中,这一历史的象征之物就是结构复杂、规模宏大的鸿祯塞。作为一种历史的风景和遗存,它给人以强大的沉重感和压迫感。注意,这也是当代历史写作的一种美学症候,很多写作者在这种压迫中找不到自己的主体性,也无法确立自己的个人叙事风格,最终的结果是小说变成了历史的"注释",小说始终未能进入历史精神的内部,自然也无法确认自己的美学。在这个意义上,雷高汉的故事从为鸿祯塞挖暗道开始极富深意,这既是雷高汉命运的展开,同时也是马平历史书写的创造性开始,暗道既是雷高汉通向鸿祯塞的必有之途,同时也是马平切入历史内部的必要方法。"暗道"与"鸿祯塞"由此构成了一组对位的象征,前者为虚,后者为实,前者为影,后者为形,在两者的互动中,一种轻盈的美学在小说中缓缓升起。

小说中除了"暗道"这一颇有意味的意象之外,在结构上也颇具匠心。雷高汉的讲述和"我"的采访记录交错并行,虽然后者与前者相比显得稍微单薄一些。但是从结构的角度看,这一交错的叙事线索产生了一种"间离感",它始终在提醒"我"不要过度沉溺于雷高汉的讲述,同时也在提醒读者不要过度沉溺于故事的传奇性——如福斯特所言,这是非常不现代的"野蛮小说"。《塞影记》的叙事带有一点点后现代主义的色彩,历史第一次是正剧,第二次就是喜剧。马平用这种"间离"的手法在历史和当下之间拉开了一段距离,这样的效果是,不仅仅是叙述者本人在质疑、反思所谓的历史,读者也在这种中断中获得了主体性,历史叙事由此超越了通俗演义,变成了一种严肃的精神锻炼。小说中最精彩的一处细节是第80—83页描写的"戏中戏",这出名叫《翠香记》的川剧被妥帖地安排在小说的叙事中,它不仅仅构成了小说情节的一部分,推动着整个小说的叙事进度,同时这出"戏中戏"又起到了画龙点睛的作用,剧中的人物命运和小说中的人物命运形成了隐秘的互文关系。

中国的传统小说起源于说部,一直和戏曲有莫大的关联,而戏曲里面的聚散离合、人情冷暖,也构成了普通中国人生命体验的重要部分,这一细节体现了马平良好的文化素养,也提升了小说的文化品格。

三

历史题材、地方志、间离、戏中戏诸此等等都围绕着雷高汉这个人物的命运来展开。我们当然不能说题材和形式的各种处理都是为某个形象服务,但毫无疑问,在《塞影记》的人物图谱里,雷高汉是最有意味的一个。小说里对雷高汉有这么一段描述:

> 谁也说不清,雷高汉究竟算包家什么人。他和包松月举行过名正言顺的婚礼,却是连对方的面都没有见上,没人真拿他当包家女婿看待。他有一杆枪,却不是家丁,没人给他发过一颗子弹,也没有人安排他去望哨。他当了一个"水官",但谁都知道他不是长工。他偶尔也跟着包松亭出去公干,但乡长显然没把他当回事。他把两块田租给人耕种,恐怕因此有了一点积蓄,却远远算不上一个财主,就连人家喊一声"东家"他都心虚。

从这个意义上说,雷高汉正是一个无法确定自己身份和归属的"无名者",他基本上是一个影子般的存在——这也许是《塞影记》里"影"的另外一层含义。但雷高汉也并没有对寻找自己的身份和归属表现出太多的热情和主动性，在这一点上，他无限地接近于那些在历史的深渊中消失得无影无踪的芸芸众生。但雷高汉的传奇之处在于，他遭遇了刻骨铭心的爱情——特别是与梅云娥的爱情，因为这爱情，他焕发了生命的能动性，这一能动性在小说里被转喻为"读写"能力，为了能够读懂梅云娥留下来的藏头诗，雷高汉开始了不屈不挠的学习，并为此付出了惨重的代价。但不管怎么说，正是在这一"读写"能力的训练过程中，雷高汉体验到了人类情感的价值以及人之为人的尊严、责任和义务。古代的"信义"系统被现代的"读写"能力激活，雷高汉因此赢得了他的"实体"。

这一不断失去又不断获得的人生历程也许会让我们想起当代文学史中一个著名的文学人物——余华《活着》中的福贵。福贵因为不断的丧失而洞悉生命的真相，虽然这真相看起来极其残忍，但福贵以忍耐和怜悯完成了对这种残忍的克服。与福贵相比，雷高汉显然要幸运一些，他固然一直在失去，尤其是失去与他相关的女性，但是他也一直在获得。马平显然没有采取余华的那种极端叙事，而是用更"适度"的原则来完成一个指向"良善"的故事。一百年来历史的苦难和沉重压弯了我们的腰，雷高汉却坚持要用某种方式将自己的腰直起来，他的身高由此也构成了一个不愿屈服的象征。总体来说，雷高汉有乐天达观的精神，这一精神最深层的体现不在于他活了一百多岁，而是他坚信自己的生命是有价值的，而那些消失在历史深渊中的普通人的生命也是有价值的，他对讲述和书写的确信与叙事者"我"的犹豫不决形成了鲜明的对比。在这一点上，雷高汉在历史中寻找自我的故事与"我"在当下的自我放逐的故事构成了一个复写的文本，由此，历史题材变成了当下关切，历史的暗道不仅仅通向过去，同时也和此时此刻的每一个瞬间相关联。至于谁是谁非，谁输谁赢，谁沉沦谁救赎，那也只能是读罢掩卷，一声叹息！

2021 年 6 月 22 日